무경 新무협 판타지 소설

암제귀환록

FANTASTIC ORIENTAL HEROES

암제귀환록 3

무경 新무협 판타지 소설

초판 1쇄 찍은 날 § 2014년 7월 9일
초판 1쇄 펴낸 날 § 2014년 7월 16일

지은이 § 무경
펴낸이 § 서경석

편집부장 § 권태완
편집책임 § 정수경

펴낸곳 § 도서출판 청어람
등록번호 § 제387-1999-000006호
등록일자 § 1999. 5. 31
어람번호 § 제2-2515호

주소 § 경기도 부천시 원미구 부일로 483번길 40 서경B/D 3F (우) 420-822
전화 § 032-656-4452 팩스 § 032-656-4453
http://www.chungeoram.com
E-mail § chungeorambook@daum.net

ISBN 979-11-316-9103-8 04810
ISBN 979-11-316-9054-3 (세트)

무협 新무협 판타지 소설

FANTASTIC ORIENTAL HEROES

암제귀환록

3

암제구환록

1장

세뇌고의 발작

털썩.

관수원의 몸이 땅에 널브러졌다.

"허억… 허억!"

흉골이 보일 정도로 가슴이 갈라졌는데도 관수원은 숨을 유지하고 있었다.

참으로 끈질긴 생명력이었다.

"……."

현월은 검신에 묻은 피를 털어내고는 그의 몸을 뒤집었다.

덜덜 떨리는 와중에도 관수원이 현월을 노려봤다.

"네, 네놈……!"

그의 입가에서 피거품이 꼬르륵 흘러나왔다.

그 와중에도 관수원은 미소를 지으려 노력했다.

"크큭, 크크크……."

귀기마저 어린 듯한 웃음소리.

눈살을 찌푸린 현월이 검을 들었다.

"마지막 가는 길마저 추잡하군. 하지만 이제 정말 끝이다."

"크큭. 끄, 끝나는 건 나 혼자만이 아니다."

"개소리를."

그렇게 말하면서도 현월은 곧장 검을 내찌르지 못했다.

관수원이 황급히 덧붙인 말 때문이었다.

"네, 아비… 그 몸속에 세뇌고를 심어놓았지."

"……."

현월 역시 세뇌고에 대해 알고 있었다.

타인의 심중을 조종하기 위해 만들어진 혈교의 비술.

발동하기 전까지는 발견하는 것이 거의 불가능에 가까운, 혈교 비술 중에서도 최상위에 위치한 지고의 고독.

관수원의 전문 분야가 바로 고독이었던 것이다.

적으로 됐다면 필경 가장 까다로운 상대였으리라.

우연찮게 해치우게 된 것은 실로 천만다행이었다.

'만약 놈이 나에 대해 조금만 더 일찍 알아챘더라면……'

상상만 해도 소름이 끼치는 일.

현월의 손등에 소름이 돋았다.

회귀에 대한 이야기를 가족들에게까지 함구한 것은 정답이었다는 생각이 들었다.

하나 이어지는 관수원의 말은 현월의 안도감을 앗아갔다.

"내가 사용하는 고독은… 모두 내 죽음과 함께 극심한 발작을 일으킨다."

"……!"

"한번 느껴보는 게 좋을 게야. 네 아비가… 천천히 죽어가는 과정을!"

기어코 말을 끝마친 관수원이 기묘한 장탄식을 토했다.

문자 그대로 숨이 넘어가는 소리.

그는 저 몇 마디 저주를 퍼붓기 위해 목숨을 유지한 것이다.

참으로 표독스러운 자.

지금 해치운 것이 다행이란 생각이 들었다.

"개자식."

나직이 중얼거린 현월이 급히 관수원의 몸을 뒤졌다.

고독에 대해선 현월 역시 아는 바가 거의 없었다.

그저 해독제 비슷한 것을 가지고 있지는 않을까 생각했을 뿐이다.

하나 그의 몸에선 아무것도 찾아내지 못했다.

"젠장!"

현월은 곧장 몸을 날렸다.

놈의 시체를 처리해야 한다는 생각이 뇌리를 스쳤지만 지금은 그럴 때가 아니었다.

전심전력으로 경공을 펼쳐 장원으로 돌아갔다.

혹여나 놈의 말이 허풍은 아니었을까 하는 일말의 희망을 품고서.

그러나 아니었다.

장원에는 한밤중임에도 불이 켜져 있었다.

소란스러운 소리가 수십 장 바깥의 현월에게까지 들려왔다.

그 사이에 섞여 있는 현유린의 외침.

"꺄아악! 아버지!"

"큭."

현월은 내력을 극한까지 끌어 올려 허공을 박찼다.

엄청난 속도로 날아가는 와중에 나뭇가지 하나가 스쳐

뺨에 상흔을 만들었지만 그런 것에 신경 쓸 겨를조차 없었
다.

거의 대문을 부수다시피 하며 안으로 뛰어들었다.

현무량은 마루까지 나와 있었다.

얼굴이 시뻘겋게 부운 것을 보니 고통이 극심한 듯했다.

"크으으윽!"

그의 몸을 채여화와 현유린이 부축하고 있었다.

"가가!"

"아버지!"

현월은 한달음에 마루로 올랐다.

"쿨럭!"

현무량은 이제 검붉은 핏덩이까지 토해내고 있었다.

내장이 상해가고 있다는 증거.

더 지체했다간 손상이 심장이나 폐에까지 다다를 것이
다.

그때가 된다면 화타가 돌아온다 해도 살려낼 방도가 없
다.

"큭!"

현월은 그의 몸 곳곳을 짚었다.

기혈의 움직임을 촉진해 체내 상황을 파악하기 위함이었
다.

세뇌고는 다행히 위장 내에서만 발작 중이었다.

그것만으로도 주변의 내장까지 진탕이 되려 한다는 점이 문제였지만.

'어쩌지?'

현월은 의원이 아니었다.

더군다나 고독에 대해서는 그리 많은 지식을 지니고 있지 않았다.

다만 이것이 관수원이 죽음으로써 발동되었다는 것만을 알 따름이었다.

'그렇다는 건······.'

바깥에서의 신호가 끊어졌음을 고독이 알아챘다는 뜻.

그렇다면 평소의 관수원이 어떤 형태로든 고독들에 영향을 미치고 있었으리란 소리다.

그리고 그것은 아마도 혈교의 마공과 관계되어 있을 터였다.

'그렇다면!'

현월은 암천비류공의 기운을 끌어 올렸다.

암천비류공 역시 혈교의 마공.

비슷한 기운을 지닌 혈교의 내공이라면 어쩌면 세뇌고의 발작을 저지할 수 있을지도 몰랐다.

물론 현월이 헛다리를 짚은 것일 수도 있었다.

자칫 기운을 밀어 넣었다가 현무량의 내력과 충돌을 일으킬 가능성도 무시할 순 없었다.

'하지만⋯⋯!'

곰곰이 생각할 여유조차 없는 상황.

모 아니면 도, 일 할의 가능성이라도 있다면 시도해 봐야 했다.

츠츠츠츠!

현월의 손끝에서 검은 기운이 일렁였다.

그것을 본 현유린이 흠칫 놀랐다.

"오라버니?"

"아버지를 그대로 부축하고 있어. 어머니, 물러나 계세요. 아버지께서 발작하실지도 모릅니다."

지금의 현무량은 극심한 고통에 부모조차 못 알아볼 상황.

무인인 현유린이라면 모를까, 평범한 아낙인 채여화라면 난리통에 다칠지도 몰랐다.

하지만 채여화는 한층 현무량을 꾹 붙들 따름이었다.

"난 괜찮다, 월아."

"하지만⋯⋯."

"어서 하렴! 이 어미는 걱정하지 말고."

현월로서도 더는 지체할 수 없었다.

그는 곧바로 현무량의 복부를 손바닥으로 짚었다.

스르르륵.

손끝에서부터 흘러나온 암천비류강기가 현무량의 몸속으로 파고들었다.

앞뒤 재지 않고 과격하게 밀어 넣은 격이었기에 현무량의 피부가 갈라져 선혈을 쏟아냈다.

"크악!"

현무량의 몸이 크게 들썩였다.

현유린과 채여화가 그런 그의 몸을 힘껏 짓눌렀다.

현월은 두 눈을 감았다.

오로지 모든 것을 기감에 맡긴 채 현무량의 체내를 살폈다.

강기 다발의 끝부분에 기묘한 이질감이 느껴졌다.

현월이 익히 알고 있는 현화무량공과도 전혀 다른 기운이었다.

'저건가?'

분명했다.

세뇌고가 발작하여 생겨난 기운임이 틀림없었다.

세뇌고에서 뿜어져 나온 기운은 현무량의 위장 벽에 달라붙어 있었다.

그 상태에서 사방으로 마수를 뻗쳐 현무량의 내장을 썩

어들게 만들고 있었다.

실로 무시무시한 고독이었다.

자기 것으로 만들 수 없다면 죽여 버리겠다는 뜻이 아닌가.

더군다나 현무량의 무공이 시정잡배와는 그 격이 다르다는 걸 생각해 보면 더더욱.

'집중해야 한다!'

현월은 스스로를 다그쳤다.

지금 까딱 실수라도 했다간 아버지의 목숨을 장담할 수 없었다.

일단은 암천비류강기의 기운으로 세뇌고의 기운을 감싸기로 했다.

사방으로 전이되는 것을 막는 게 우선이었기 때문이다.

거미줄처럼 뻗어 있는 세뇌고의 기운 다발을 끊어냈다.

"커억!"

그 반동인지 현무량이 시커먼 피를 토했다.

현유린은 울음을 삼켰고 채여화는 입술을 깨물었다.

"정신을 굳게 차리세요, 가가!"

그녀의 목소리가 현무량에게 들렸는지는 알 수 없었다.

이미 쓰러지던 시점에서 의식을 잃은 거나 마찬가지였기에.

현무량의 얼굴이 퍼렇게 죽어가는 걸 보며 현유린이 소리쳤다.

"오라버니!"

현월은 이를 악물었다.

일단 전이까진 막은 것 같았다.

암천비류강기에 의해 막힌 까닭인지 세뇌고는 더 이상 활개를 치지 못했다.

하나 그것 또한 문제였다.

암천비류강기 역시 혈교의 무공.

정순한 기운을 지닌 현화무량공의 기운과는 충돌할 수밖에 없었다.

그나마 현무량의 기운이 단전 근처에서만 맴돌고 있기에 망정이지, 두 기운이 충돌이라도 했다면 절명은 피할 수 없었으리라.

'이제 어쩐다?'

현월의 이마에 송골송골 땀이 맺혔다.

혈공이나 관수원과 맞붙었을 때에도, 아니, 죽음을 앞두었던 순간에도 이렇게까지 긴장하지는 않았었다.

하지만 자칫 아버지를 잃을 수도 있다고 생각하니 눈앞이 캄캄해졌다.

세뇌고의 기운은 이미 위장과 동화되기 직전이었다.

이래서야 제거하려다 위장까지 크게 손상될 수 있었다.

그렇다고 내버려 둘 수도 없는 노릇.

'아버지를 살릴 방법이 없단 말인가?'

현월은 이를 악물었다.

이렇게까지 무력감을 느낀 것은 회귀한 이래 처음이었다.

그때 왼쪽 손등에 따스한 감촉이 닿았다.

고개를 들어보니 채여화가 그를 바라보고 있었다.

"네가 할 수 있는 최선책을 택하렴."

"어머니……."

"그것이 최선이라면, 나도 네 아버지도 받아들일 거란다. 너를 믿고 있으니까."

채여화의 눈빛엔 흔들림이 없었다.

자칫하면 부군을 잃을지 모르는 상황임에도.

그녀는 역시 무가의 안주인다웠다.

"알겠습니다."

현월은 나직이 심호흡을 했다.

그리고 암천비류강기를 세뇌고 쪽으로 밀어붙였다.

암천비류강기는 삽시간에 세뇌고의 기운을 깨트렸다.

그 순간 현월은 재빨리 기운을 회수했다.

그 와중에 현무량의 내장이 크게 상했다는 게 느껴졌다.

하나 어쩔 수 없는 일이었다.

현월로서는 이게 최선이었다.

들썩!

현무량의 몸이 위아래로 크게 들썩였다.

이윽고 그의 몸이 축 늘어졌다.

숨이 끊어진 건가 싶었던 세 사람의 얼굴이 새하얘졌다.

그러나 현무량은 미약하게나마 호흡을 이어가고 있었다.

"끝난 거니?"

"예, 제가 할 수 있는 일은 다했습니다."

"그럼 의원을… 불러야……."

채여화의 몸이 허물어졌다.

현유린이 황급히 그녀를 부축했다.

비록 내색하지 않았을 뿐, 그 누구보다 심적 고통과 부담이 컸을 사람은 역시 그녀였으리라.

현월도 온몸의 진이 쫙 빠져나가는 느낌이었다.

그때 대문이 소란스러워지더니 늙은 의원이 목함 하나를 들고서 나타났다.

그 의원의 뒤를 따라서 뛰어오는 이는 유화란이었다.

그녀는 발작이 일어나자마자 의원을 부르러 갔던 것이다.

현월이 고맙다는 의미의 눈짓을 했다.

그녀도 가볍게 고개를 끄덕였다.

"대체 뭐가 어찌된 일이오?"

늙은 의원은 어리둥절한 얼굴이었다. 현월이 재빨리 설명했다.

"내상을 크게 입었습니다."

"내상을? 대체 어쩌다가 그랬단 말이오? 주화입마라도 당한 게요?"

"비슷합니다."

두 눈을 끔뻑이던 의원이 목함을 내려놓았다.

"어서 안으로 옮기시오. 치료를 서둘러야겠군."

*　　*　　*

반 시진 뒤.

현무량은 많이 안정된 모습으로 침상에 누워 있었다.

간간이 이어지는 호흡은 언제 끊어질지 모를 정도로 미약했다.

내상이 외부에도 영향을 미친 것인지, 얼굴 역시 십 년은 더 늙어버린 모습이었다.

일문의 종주이자 항상 강건한 모습을 보이던 그라고는 생각하기 힘들 정도의 광경.

현유린과 채여화가 받은 충격은 그야말로 엄청났다.

"아버지는 괜찮을까요?"

"의원의 말로는 고비를 넘겼다고 했으니까, 그 말을 믿어야겠지."

현유린이 입술을 깨물었다.

"대체 뭐가 어떻게 된 건지 모르겠어요. 갑자기 안방에서 아버지의 비명 소리가 들리더니, 문을 부수고 밖으로 나와서는 피를 토하셨어요."

"……."

현월은 아무 말도 할 수 없었다.

현유린조차 이럴진대, 바로 곁에 있던 채여화의 충격은 얼마나 컸을 것인가.

현유린이 고개를 들어 현월을 응시했다.

"오라버니는 뭔가 알고 있죠?"

"나도 자세한 사정은 모르겠다."

현월로서는 그렇게 대답할 수밖에 없었다.

관수원과 혈교에 얽힌 이야기를 조리 있게 설명할 자신이 없었기에.

하나 현유린의 표정은 믿지 못하겠다고 말하고 있었다.

"거짓말. 그럼 그때 어디서 돌아오는 길이었죠?"

"그건……."

현월은 결국 대답하지 못한 채 입을 다물었다. 현유린도 더 닦달하지 않고 침묵했다.

지금 중요한 것은 어떻게 된 일이냐는 게 아니었다. 앞으로 어떻게 할 거냐는 것이지.

현무량이 이렇게 되었으니 누군가는 문주 대리로서 현검문을 이끌 수밖에 없다.

'하지만……'

지금의 현월은 여남의 암흑가에만 집중하기에도 벅찼다.

암제와 현검문주, 두 존재 사이에서 줄타기한다는 것은 도저히 불가능해 보였다.

"현검문은 당분간 봉문(封門)해야 할 것 같다."

현유린이 홱 고개를 돌렸다.

"그게 무슨 소리예요?"

"아버지께서 이렇게 되신 마당에 문파를 계속 운영하는 건 힘들지 않겠니?"

"오라버니께서 문주 대리를 맡으시면 되잖아요."

"유린아, 나는 현검문의 무공을 이어받지 않았다. 그런 내가 계속해서 문주 역을 한다는 건 사리에 맞지 않아."

"하지만… 그렇다고 아버지의 모든 것인 현검문을 봉문할 수는 없어요."

"당분간만 봉문하자는 것이다. 아버지께서 깨어나기 전

까지만."

"그럼 그전까지만 오라버니께서 문주 대리를 맡으시면 되는 거잖아요? 문도들을 단련시키는 것쯤은 제가 할 수 있어요. 오라버니는 그저 현검문의·중심만 잡아주시면 돼요."

"나는……."

현월의 말문이 막혔다.

암제라거나 암흑가라거나 하는 얘기를 도저히 꺼낼 수가 없었다.

"일단 이 얘기는 나중에 다시하자."

당장은 그렇게 말하는 수밖에 없었다.

　　　　＊　　　＊　　　＊

대강 상황이 수습된 후, 현월은 다시 은호방의 장원으로 돌아왔다.

관수원의 시체는 여전히 그곳에 있었다.

시간이 꽤 지났기에 경직된 채로 싸늘하게 식은 상태였다.

현월은 그의 시체를 저수지로 옮겼다.

주인 없는 조각배에 시체를 싣고는 저수지의 중앙을 향

해 나아갔다.

"대단하다는 말은 해줘야겠군. 회귀한 이후에 너만큼이나 나를 궁지로 몬 사람은 없었다."

죽음 직전까지 몰렸던 녹림맹과의 전쟁 때도 이렇게까지 정신적으로 몰리지는 않았었다.

관수원은 혈교의 장로가 지닌 무서움을 현월에게 확실히 각인시켰다.

현월은 수심이 깊은 곳까지 나아간 후에 시체를 물에다 빠트렸다.

몸 곳곳에 쇳덩이를 매달아 놓은 덕에 시체는 삽시간에 잠겨들어 갔다.

나머지는 저수지의 물고기들이 알아서 처리해 줄 것이다.

통천각의 부각주이자, 혈교의 장로인 관수원의 최후란 결국 물고기 밥 신세였다.

'남은 것은 놈들의 반응을 지켜보는 것뿐.'

현검문이 의심받기는 할 것이다.

하나 현무량은 지난번의 방문 이후로 무림맹주 남궁월의 신임을 얻었으니, 혈교의 무리로서도 쉽사리 건드릴 수 없을 것이다.

더군다나 현무량은 세뇌고의 발작으로 인해 쓰러진 상황.

그렇다 보니 긁어 부스럼을 낼 것 없다고, 당분간 현검문은 건들 엄두조차 내지 않을 터였다.

결국 그들의 관심은 고스란히 암흑가의 암제에게로 이어질 것이었다.

그리고 그것이야말로 현월이 바라는 바.

바라서 이렇게 된 것은 아니었지만 말이다.

'혈교 놈들이라면 관수원의 죽음에 대해서도 금방 알아낼 테지.'

현무량이 당했다는 건 또 다른 고독의 숙주들도 비슷한 꼴을 당했으려라는 뜻.

그렇다면 혈교에서 눈치를 채는 것도 금방이리라.

어쩌면 이미 챘을지도 모르고.

'놈들과의 충돌은 피할 수 없다.'

그것이 언제가 되느냐는 알 수 없는 일.

그나마 한 가지 바랄 수 있는 거라면, 혈교가 이번 일로 크게 데여 몸을 사리게 되는 것이었다.

'유설태는 신중한 인간이니까.'

서열 상위권의 무사는 물론 장로마저 허무하게 잃고 말았다. 그런 마당에 혈교가 미쳐 날뛰지는 않을 터였다.

그들은 아직 무림맹과 백도 무림에 비해 약소한 세력.

아직은 어둠 속에서 때를 가늠해야 하는 입장이었다.

현재의 백도 무림에 비하면 그들의 세력은 미비했던 것
이다.

원래의 미래에서도 혈교가 봉기하기까지는 이십 년이 걸
렸다.

그조차도 현월이 암제로서 무림맹 내부의 강경파들을 제
거해 준 덕이었다.

그때보다도 모든 것이 악화된 상황이니, 혈교로서는 한
층 신중해질 수밖에 없으리라.

'정말 그렇게 되어준다면 좋겠지만.'

현월은 나직이 한숨을 쉬었다.

관철백은 방심할 수 없는 상대.

언제 어떤 식으로 허를 찌르고 들어올지 알 수 없었다.

만 가지 가능성을 염두에 두고 대비하는 것만이 최선이
었다.

2장

허창으로

"최고급 내단이 필요하외다."

이레째 왕진을 온 의원의 말이었다.

채여화의 얼굴이 한층 어두워졌다.

"그렇게 말씀하신다는 건, 의원님께서 구하시기 힘들단 뜻인가요?"

"제가 갖고 있는 내단 중에 가장 좋은 것이 육성단(六星丹)이외다. 하지만 부군의 증상은 이걸로도 완치가 어렵소이다."

"그렇다면 어느 정도의 내단이 필요한가요?"

"못해도 백령단(百靈丹)이나 금환단(金煥丹) 정도의 내단은 필요할 것이오."

둘 다 천하에 열 개가 채 안 된다는 보물 중의 보물이었다.

일개 군소 문파인 현검문에서는 엄두도 내지 못할.

"정말 그것 외에는 방도가 없나요?"

"내상 자체도 극심한 데다 기운까지 너무 쇠했소. 그 두 가지를 한꺼번에 해결해야만 하는데, 어지간한 단약으로는 시도도 못할 일이외다."

"얼마 정도면 구할 수 있을까요?"

"가격이 문제가 아니지요. 구한다는 자는 많아도 내놓는 자가 없어서 큰일인 물건이니."

채여화는 일그러지려는 표정을 애써 관리했다.

타인의 눈만 아니었어도 현무량을 껴안으며 울음을 터트렸을 것이다.

"큰 도움이 되지 못해 안타깝소."

그 말을 남긴 채 의원이 떠났다.

바깥에서 기다리고 있던 현월과 현유린이 안으로 들어왔다.

두 사람 모두 안의 대화를 들었던 만큼 표정은 매우 어두웠다.

애써 눈물을 참아낸 채여화가 말했다.

"우선은 아버님께서 평소에 친밀히 지내시던 명숙들께 서신을 돌릴 생각이다. 혹시 모르니 무림맹에도 도움을 청해야겠구나. 너희도 뭔가 생각나는 방법이 있거든 백방으로 노력해다오."

현월도 현유린도 할 말을 잃은 채 고개만 끄덕일 따름이었다.

'백령단이나 금환단에 필적하는 내단이라니.'

현검문은 유명세에 비해 그리 부유한 문파가 아니다.

오히려 문주인 현무량의 성격 덕에 간신히 파산만 면하고 있는 처지였다.

그만큼 쌓아놓은 덕이 있다고는 하나 그게 유명무실하다는 것은 녹림맹과의 결전에서 증명된 바.

가만히 있다간 이번에도 세상의 차가움만을 실감하게 될 것이다.

'어떻게든 내단을 구해야 한다.'

방을 나온 현월은 장원 밖으로 걸음을 옮겼다.

그것을 알 만한 사람이 하나 있었다.

*　　　*　　　*

제갈윤이 눈을 깜빡거렸다.

"근방에서 가장 부유한 문파 말씀입니까?"

"그래. 최소한 하남성 내에서."

"부유한 문파라. 가장 거대한 문파라면 역시 소림이겠습니다만……."

"소림은 안 돼."

현월이 딱 잘라 말했다.

앞서 의원이 말했던 최고급 내단 중 하나인 금환단을 소림이 보유하고 있기는 했다.

하지만 현월은 그게 가짜라는 것을 알고 있었다.

'진짜는 이미 유설태가 진즉에 빼돌렸으니.'

그걸 알 수밖에 없었다.

회귀 전의 미래에서 마지막 금환단을 복용한 사람이 현월 본인이었기 때문이다.

유설태의 말로는 그것을 빼돌린 게 이미 십수 년 전의 일이라 했다.

지금 시점이라면 빼돌려진 이후일 터였다.

결국 다른 내단을 물색할 수밖에 없었다.

그렇다면 가장 부유한 문파를 찾는 것이 나았다.

소림처럼 크고 강한 문파가 꼭 부유한 것만은 아니었으니까.

적당한 세력을 지녔으면서도 운과 수완이 좋아 금은보화를 갈퀴로 쓸어 담은 문파.

혹은 태생부터 금수저를 물고 났다거나 하는.

그런 문파가 딱 좋았다.

'그들의 금력을 빌리면 될 일이니.'

만약 빌리는 데 차질이 생긴다면?

'그땐 빼앗으면 그만이다.'

현월의 생각을 아는지 모르는지, 제갈윤은 답답할 정도로 오랫동안 생각하고 있었다.

"으음. 역시 하남성 내 가장 부유한 문파라면 유성문(流토門)일 겁니다."

"유성문?"

"예. 허창에 뿌리내린 문파인데, 본디 상가 출신의 인물이 세운 문파인지라 그 자금력이 엄청나지요."

"그런가. 알겠다."

현월은 허창과 유성문이란 이름을 머릿속에 새겨 두었다.

마음 같아선 당장 달려가고 싶었다.

하지만 지금은 산재해 있는 일들을 처리하는 것이 먼저였다.

현월의 눈치를 보던 제갈윤이 말했다.

"그건 그렇고, 일전에 말씀드린 기획안을 완성했습니다."

"……보는 데에 시간이 오래 걸리나?"

"그렇지는 않을 겁니다. 대략적인 사항만 인지하고 계시면 되는 일이니까요."

"알겠다. 보여줘."

"예, 여기 있습니다."

큼직한 종잇장을 내밀며 제갈윤이 말했다.

세필(細筆)로 적혀 있는 신세력의 기획안은 보는 것만으로도 멀미를 일으킬 만큼 꼼꼼했다.

현월의 눈길이 가장 먼저 간 곳은 맨 윗부분이었다.

유달리 큼직하게 쓰여 있는 글자가 있었다.

"암월방?"

"임의로 지어보았습니다. 아무래도 뭔가 부를 만한 이름은 필요할 것 같아서……."

자연스럽게 말꼬리를 내리는 제갈윤이었다.

아직까지도 현월에 대한 공포심이 뼛속까지 남아 있는 까닭이었다.

"나쁘지 않군."

"그, 그렇습니까?"

"실질적인 경영자는 너니까, 네가 원하는 이름을 달아두어서 나쁠 건 없겠지."

담담히 대꾸한 현월이 나머지 내역을 자세히 읽어 내렸다.

'제법인데.'

윤화란의 안목은 정확했다는 생각이 들었다.

제갈윤은 짧은 시간 내라고 보기 힘들 정도로 구체적인 기획안을 만들어냈다.

기존의 은호방이나 사룡방과 비슷한 형태.

그러면서도 보다 백도에 가까운 방침을 지니고 있는 세력.

그게 바로 암월방이었다.

물론 그 근간에 깔려 있는 것은 암제에 대한 공포일 터였다.

하지만 이 기획안대로라면 여남의 치안은 확연히 나아질 터였다.

제갈윤이 조심스레 입을 열었다.

"못해도 이백 명 이상의 무인이 필요할 겁니다. 그들의 숙식을 해결해야 하니 월마다 백 냥 이상의 자금이 필요할 테고요. 또한 급료 역시 별개로 지급해야 합니다."

"그 정도는 네가 할 수 있지 않나?"

"그, 그렇지요. 하지만 그러려면 여남의 상계와 손잡아야

합니다. 방파의 운영 자금은 그들에게서 나오는 거니까요. 그런데 저로서는 그들을 설득할 재간이 없습니다."

"무슨 말인지 알겠어. 내가 하지."

잠시 눈치를 보던 제갈윤이 물었다.

"그런데, 그런 무공 실력은 어떻게 갈고 닦으신 겁니까?"

현월은 대답 대신 물끄러미 제갈윤을 응시했다.

움찔 놀란 제갈윤이 손을 내저었다.

"죄, 죄송합니다!"

"죄송할 필요 없다. 그보다 나도 하나 묻고 싶군. 너는 어쩌다 암흑가로 흘러들게 됐지?"

"그것은 사정이……."

"나도 사정이 있다."

"각자의 사정은 캐묻지 말자는 거군요. 알겠습니다."

현월은 묘하다는 눈길로 제갈윤을 보았다.

'특이한 녀석인걸.'

제갈윤은 현월을 두려워한다.

거의 경기를 일으켰던 처음보다는 많이 나아졌다.

하지만 현월과 대화할 때 여전히 흠칫거리고는 했다.

그런 주제에 호기심은 많아서 현월의 내막을 캐내려고 한다.

참 희한한 녀석이라고밖에는 표현할 길이 없었다.

"뭐 조언할 내용이 있나?"

현월의 물음에 제갈윤은 역시나 흠칫거렸다.

"그, 글쎄요."

"무인 이백을 모으는 게 쉬운 일은 아닐 것 같은데. 괜찮은 생각이 있다면 말해봐."

단순히 공포를 심는 것과 사람들을 따르게 하는 것은 엄연히 다르다.

현월은 전자에 익숙했다.

하지만 후자에는 익숙하지 않았다.

잠시 생각하던 제갈윤이 말했다.

"아직 유지되고 있는 잔당들이 암흑가에 있을 겁니다."

"은호방과 사룡방 외에도 흑도 방파가 존재했나?"

"있긴 있었습니다. 두 방파의 위세에 짓눌려 숨소리도 못 내고 있었을 뿐이지요."

"두 방파가 사라진 지금은 자기들 세상이겠군."

"아마 그럴 겁니다. 물론 암제 님의 등장 이후로 많이 사리고 있겠습니다만."

머뭇거리던 제갈윤이 덧붙이듯 말했다.

"저를 붙잡았던 놈들도 그중 하나였습니다."

"그래?"

현월은 의외란 표정을 지었다.

사실 흑도 무리를 깨부수는 과정에서 그 배경이나 파벌까진 생각해 본 적이 없었다.

그저 걸리는 놈이 있으면 냅다 족쳤을 뿐이지.

"그 녀석들부터 처리하는 게 좋겠군. 우두머리만 해치우면 아랫놈들은 자연히 흡수될 테니."

"간단한 일만은 아닐 겁니다."

제갈윤이 단언하듯 말했다.

사람은 간사한 동물이다.

현월의 코앞에서는 암흑가의 그 누구라도 설설 길 터였다.

하지만 그가 없는 자리에선 당장 딴생각부터 품을 것이 틀림없었다.

"중간 단계에서 잡졸들을 통솔할 사람이 필요합니다. 암제 님께서도 그런 수하들을 여럿 두시는 게 편할 테고요."

"알겠다. 그나저나 일일이 존칭 쓰기 피곤하지 않나? 그냥 편하게 현월이라 불러."

"그, 그럴 수야 있겠습니까?"

"뭐, 그럼 네 좋을 대로 부르든가. 어쨌든 괜찮은 녀석이 필요하다는 거지?"

"예에……."

현월은 미간을 살짝 찌푸렸다.

사실 사람을 다루고 통솔하는 것은 그와 맞지 않았다.

이십 년에 가까운 암살행의 고독에 익숙해져 있었던 탓이다.

과거로 돌아온 후에도 그것은 마찬가지였다.

잠시 동안 문주 대리를 맡기는 했다.

그러나 그때에도 실질적으로 현검문을 운영한 사람은 현유린이었다.

제갈윤의 호칭이 껄끄러운 것도 비슷한 연유였다.

기실 암제로서 군림하던 시절에도 직접적인 관계를 맺고 있던 건 유설태가 유일했던 것이다.

'마원용 같은 자가 있었다면 좋았을 텐데.'

당장 생각나는 이는 그 정도였다.

물론 마원용 역시 사람을 거느리는 쪽에 어울린다고 보기는 어려웠지만.

'그러고 보니 그자와 함께 있던 자가 있지 않았나?'

현월은 기억을 더듬어 보았다.

오 척이 겨우 될까 말까 하던 단구.

갖가지 함정을 대나무 숲에다 설치해 두었던 사내.

"유 소저를 불러줘."

"예, 옙!"

현월의 말에 부리나케 뛰쳐나가는 제갈윤이었다.

그는 얼마 지나지 않아 유화란과 함께 돌아왔다.

"무슨 일이에요?"

그녀의 물음에 현월이 용건을 말했다.

"사룡방주가 죽은 후 내가 초옥을 찾아갔을 때, 소저 곁에 마원용 외에도 한 사람이 더 있지 않았소?"

잠시 생각에 잠겼던 그녀가 손뼉을 쳤다.

"아, 우연궁 말이군요?"

"그게 그자의 이름이오?"

"네. 여남에서도 손에 꼽히는 함정과 진법의 달인이죠."

"그 후에는 얼굴을 보지 못했는데……."

"그는 구용단 습격에 참가하지 않았으니까요. 무공을 익히진 않은 몸이라서요."

"그럼 아직 살아 있겠군?"

"아마도… 그렇겠죠? 따로 별일이 있지 않았다면 지금도 무탈할 거예요."

현월이 잠시 생각에 잠겼다.

그의 표정을 본 유화란이 덧붙이듯 말했다.

"그를 끌어들이려고요?"

"가능하다면."

혈교의 무리는 언제 어떤 형태로 급습해 올지 모른다.

그렇다면 최소한 현검문의 장원이나 암월방의 본채가 될 곳은 철저히 방비해 둘 필요가 있었다.

그리고 현월이 보았던 우연궁의 실력은 분명한 일류.

상대가 현월이 아니었던들 그렇게 쉽게 파해당하지는 않았으리라.

그가 장원과 본채를 맡아준다면 꽤나 든든할 것 같았다.

그러나 유화란의 반응은 부정적이었다.

"아마 힘들 것 같은데요."

"왜 그렇소?"

"애초에 그가 우릴 도운 것은 마 대협과의 인연 때문이었어요. 딱히 사룡방에 호의가 있었기 때문이 아니라고요."

"그래도 적절한 대가를 약속하고 고용할 수는 있지 않겠소?"

"글쎄요……."

"지금 당장 하려는 건 아니니까 천천히 생각해 보면 되겠지. 그것 말고도 해야 할 일은 많으니."

현월이 제갈윤에게 시선을 보냈다.

눈치 빠른 제갈윤이 앞서 했던 설명을 유화란에게 다시
했다.

사실 유화란 역시 방파에 대해선 알 만큼 알았기에 설명
이 필요하진 않았다.

다만 사람 구하는 일은 그녀로서도 익숙한 일이 아니었
다.

"벌써부터 머리가 아파오네요."

푸념처럼 중얼거리던 그녀가 별안간 생각났다는 듯 탄성
을 뱉었다.

"아, 그렇지 그 수가 있었네."

"……?"

"하오문에 부탁하는 게 어때요?"

"하오문?"

"네, 설마 하오문에 대해 모르는 건 아니겠죠?"

물론 현월도 대략적인 정의는 알고 있었다.

백도와 흑도를 가리지 않는 잡일의 대가들.

그들은 돈만 주면 얼마든 고용할 수 있었고, 고용주의 신
원을 따지지 않았다.

그나마 예외가 있다면 혈교 정도일까.

그 정도가 아닌 바에야, 미치광이 살인마 같은 극단적인
경우만 아니라면 누구라도 고용하는 게 가능했다.

"하지만 하오문엔 제대로 된 무사가 없지 않소?"

"그런 무사들을 등용할 수 있는 사람을 고용하자는 거예요. 인적 정보를 다루는 게 그자들의 전문 분야니까요."

"그건 그렇군."

어쩌면 그들을 통해 최고급 내단의 행방을 찾을 수 있을지도 모른다.

거기까지 생각이 미친 현월은 결심했다.

'바로 그들을 찾아가 봐야겠다.'

하오문을 찾아가는 게 암제로서도, 현월로서도 최선이었다.

하나뿐이라면 모르되 두 가지가 겹친다면 더 생각할 필요도 없었다.

"그럼 그들을 고용해야겠군. 어디를 가면 만날 수 있겠소?"

"가장 가까운 하오문의 지부는……."

잠시 생각하던 유화란이 대답했다.

"허창에 있어요."

*　　　*　　　*

무림맹 군사의 일과는 철저하게 일정에 따라 이루어진다.

일개 소국과 맞먹을 정도라는 무림맹의 규모를 생각했을 때, 그 두뇌라 할 수 있는 군사의 일과는 최대한 합리적으로 이루어져야 하는 것이다.

때문에 유설태가 하루 중 가질 수 있는 여유란 길게 잡아야 한두 시진에 불과했다.

그마저도 쪼개고 쪼갠 시간들을 붙였을 때의 수치.

실질적인 휴식이란 잠자는 시간을 빼고는 없다고 봐도 좋았다.

"그게 힘드시진 않으세요, 군사님?"

시비의 질문에 유설태는 부드럽게 웃었다.

"이 한 몸을 바쳐 무림에 안녕을 구가할 수 있다면 힘들 일이 뭐가 있겠느냐."

"정말 그렇게 생각하세요?"

"아니, 맹주님 얼굴에다 사직서를 던지고픈 게 하루에도 열 번은 될 게다."

심심한 농담인데도 어린 시비는 깔깔거리며 웃었다.

유설태도 포근한 미소를 지었다.

"오늘 처리해야 할 서류는 어디 있느냐?"

"집무실에 준비해 두었어요. 평소보다는 적은 편이던

데요."

"가보자꾸나."

시비가 앞장서서 걷고 유설태가 뒤를 따랐다.

본부 내에 위치한 정원은 한겨울임에도 녹음이 울창했
다.

그 사이를 걸어가는 둘의 모습은 마치 할아버지와 손녀
딸 같았다.

집무실에 들어선 유설태는 어깨를 축 늘어트렸다.

"미우야, 평소보다 적다고 하지 않았더냐?"

"아, 왼쪽 거는 어제 결제하신 서류예요."

"그나마 다행이구나. …그걸 빼도 반나절은 걸리게 생겼
다만."

"열심히 하시면 금방 끝날 거예요. 힘내세요, 군사님!"

"그래야겠지. 그런데 요새 들어 허리가 뻐근하단 말이
지."

시비가 깜찍하게 눈을 깜빡였다.

"허리 주물러 드릴까요?"

"그러면 나야 고맙지."

"침상으로 가 계세요. 서류 가져갈게요."

"고맙구나."

유설태는 대나무를 엮어 만든 침상에 엎드렸다.

시비가 두루마리 뭉치를 들고 낑낑거리며 걸어왔다.

빙긋 웃은 그가 손가락을 허공에 저었다.

파라라락.

두루마리들이 날개가 달린 양 펄럭이며 허공을 날아서는 그의 머리맡에 소복이 쌓였다.

그것을 본 시비가 두 손을 허리에 얹었다.

"처음부터 그러셨으면 얼마나 좋아요?"

"나이를 먹다 보니 이것도 힘들구나. 손가락이 뻐근한걸."

"피, 거짓말."

말과는 달리 시비의 얼굴은 웃는 낯이었다.

그녀는 쪼르르 달려와 유설태의 등 위에 올랐다.

"아프면 말씀하세요."

"그러마."

시비가 유설태의 웃옷을 살짝 들추었다.

유설태는 허공섭물로 맨 위의 서류를 눈앞으로 가져왔다.

고사리 같은 손이 검버섯이 핀 등허리를 주무르기 시작했다.

그래 봐야 떡고물 주물러 대는 수준이긴 했지만, 시비의 표정은 진지하기 짝이 없었다.

"시원하구나."

"그쵸? 같이 방을 쓰는 언니한테 배웠거든요. 사천성 출신이라는데, 천축 사람한테 안마하는 법을 배웠다더라고요."

"흘흘, 그렇구나."

"네. 천축 사람들은 이상한 무술을 익혀서, 별별 기괴한 자세들을 잡는 데에 선수라더라고요. 어떤 사람은 자기 목위에 발을 걸기도 한다던데, 진짜 이상하죠?"

"허허허."

웃으며 서류를 넘기던 유설태의 시선이 순간 경직됐다.

"……"

그는 미소를 지운 채 세필로 적혀 있는 문구를 속으로만 읊었다.

관수원 사망. 원인 불명. 자세한 조사한 후에 재차 보고하겠음.

유설태의 입매가 비틀렸다.

"놀라운 일이군."

"어떤 게요? 제 안마 실력이요, 아니면 천축 사람이요?"

천진난만한 질문에 유설태는 피식 웃었다.

하루 종일 재잘거리는 것이 참 대단한 계집이다.

그게 짜증날 때도 있지만, 대부분은 재미가 있어 그냥 곁에 두는 중이었다.

물론 그것만이 이유는 아니었다.

'이 아이는 어디까지나 후계자의 가능성이 있으니 말이지.'

속으로만 중얼거린 유설태가 시비에게 말했다.

"그만하면 된 것 같구나."

"네."

시비가 바닥에 내려섰다.

"휴, 시원하시죠?"

이마의 땀을 훔치며 말하는 시비였다.

유설태는 그녀에게 빙긋 웃어 보이고는 머리를 쓰다듬어 주었다.

"한 가지만 더 부탁해도 될까?"

"물론이죠. 뭐든 부탁만 하세요."

"가서 통천각주더러 내가 보자 하더라고 좀 전해다오."

통천각은 무림맹 내에서도 최고의 보안을 자랑하는 장소.

일문의 종주조차 허투루 들어갈 수 없는 곳이었다.

하나 소녀는 그게 가능했다.

그녀가 유설태의 시비란 것을 증명하는 명패를 지녔기 때문이었다.

"알겠어요. 각주님의 시비한테 전하고 올게요."

시비는 앙증맞게 고개를 꾸벅 숙였다.

그리고 문 쪽을 향해 걸어갔다.

그러나 문턱을 넘어서기 전 문득 유설태를 한 차례 돌아봤다.

"저한테 항상 잘 대해주셔서 정말 감사해요, 군사님."

"네가 착한 아이니까. 착한 아이에게 잘 대해주는 거야 당연한 일 아니겠느냐."

그 말에 시비의 얼굴이 한층 밝아졌다.

"군사님이 우리 아버지였으면 정말 좋았을 거 같아요."

유설태는 대답 없이 미소만 지었다.

시비는 고개를 꾸벅 숙이고서 밖으로 나갔다.

유설태의 시선이 창문을 통해 사라지는 그녀의 뒷모습을 쫓았다.

'괜찮게 익어가는군.'

그는 품속에서 낡은 책자를 꺼냈다.

닳아빠지다 못해 부스러질 것 같은 책자의 겉면엔 그 이름이 음각되어 있었다.

암천비류공.

소녀, 시비는 그가 찾아낸 수많은 예비자 중 하나였다.

예비자란 물론 이것, 암천비류공을 전수할 대상이란 의미였다.

"지난번엔 모조리 실패하여 주화입마에 빠졌었지. 그놈의 체질이 항상 문제란 말이야."

처음에 예비자로 차출됐던 소년소녀 이십 인은 모조리 폐기 처분되었다.

물론 이때의 폐기 처분이 뜻하는 것은 한 가지뿐이었다.

유설태의 시선이 다시금 창밖으로 향했다.

"이번엔 제대로 먹혀주기만을 바라야지. 무림맹 안에선 시체 처리하는 것조차 까다로우니."

그의 눈매가 한층 좁혀졌다.

"일이 참 귀찮게 흘러가는군."

여남에 혈교의 비밀 지부를 세우려던 계획은 수포로 돌아갔다.

상황은 거기서 그치지 않았다.

그것은 이내 혈공과 관수원의 죽음으로도 이어지고 말았
다.

혈교 내 최고의 인재 둘을 한순간에 잃은 것이다.

"대체 어떤 놈의 짓이던가."

누가 되었든 그냥 둘 수는 없는 노릇이다.

그들의 숙원인 혈교복원대계를 성사시키기 위해선 반드
시 처리해야만 할 터.

"지금의 승리를 실컷 즐겨두어라. 언젠가는 네놈을 발치
아래로 기어 다니게 만들 것이니."

유설태의 미간이 구겨진 종잇장처럼 일그러졌다.

3장

유성문

　혈교가 멸망하면서 흑도 세력 역시 대변혁을 거치게 된다.

　말이 좋아 변혁이지, 실질적으로 강제적인 개조에 지나지 않았다.

　이유는 간단하다.

　세상에 두려울 게 없어진 무림맹이 대대적인 소탕 작전을 벌인 까닭.

　그 과정에서 수많은 군소 방파가 소멸했다.

　우스운 건 그중 상당수가 백도의 영역에 걸쳐 있는 문파란 점이었다.

이는 악의적인 선동의 결과였다.

누군가가 어느 문파를 혹도 세력이라며 매도하고, 그것에 동조하는 이들이 불어나면, 무림맹이 나서서 그들을 단죄했다.

가만히 생각해 보면 말도 안 되는 일이었다.

그러나 그 당시엔 그런 일이 실제로 빈번했다.

무림맹 역시 혈교에게 크게 데인 탓에, 그 근원까지 완전히 삭초제근하고자 했기 때문이다.

그만큼 백도무림 역시 혈교에 대한 공포심을 지니고 있었다고 할 수 있다.

강호무림 전역이 광기에 휩싸여 있던 시기였다.

그 과정에서 수많은 무공이 주인의 손을 떠났다.

무사들 역시 상당수가 거리에 내앉았다.

이른바 강호무림의 대공황이 벌어진 셈.

그렇게 보금자리를 잃은 무인들을 흡수한 곳이 바로 상인 계층이었다.

그 특성상 압도적인 자금력을 지닌 부호가 많은 데다 관부와도 친밀할 수밖에 없는 이들.

세상 천지에 갖지 못할 것이 없어, 부족한 거라고는 오로지 무력 하나뿐인 사람들.

그것이 바로 상인 계층이었으니, 낭인이 된 무리와의 야합이 성공적으로 이루어진 것은 어찌 보면 당연한 일이었다.

처음에는 힘 자체를 샀다.

무인들을 고용해 경비나 자식들의 무사부로 써먹었다.

나중엔 그 힘의 근원 자체를 샀다.

무공 비급과 구결들이 암암리에 거래되었고, 막대한 양의 흑도 무공이 상계로 흘러들었다.

우스운 건 암거래된 백도의 무공들 역시 상당수였다는 점이다.

겉면에서는 상계와 흑도의 야합을 꾸짖던 이들이, 뒤에서는 손수 나서 상계와 거래를 텄던 것이다.

여하간 그 결실은 그다음 세대에 비로소 꽃을 피우게 된다.

상단이나 전포, 기루나 암시장을 뿌리로 한 문파들이 등장하게 된 것이다.

유성문 역시 그중 하나였다.

허창의 대상단인 유성당(流星黨)을 뿌리로 한 유성문의 역사는 그리 길지 않다.

하나 그 성장세는 주변의 문파들을 긴장케 하기에 충분

했다.

문자 그대로 파죽지세.

주변의 군소 방파들을 삽시간에 정리해 버린 유성문은 개파 오 년 만에 허창 삼대 문파 중 필두로 우뚝 서게 된다.

그 중심에 유성당의 소공자이자 유성문주이기도 한 유백신이 있었다.

후기지수로 불려야 할 젊은 나이에 일문의 종주이자 허창의 중심이 된 사내.

하남성 전체에서 따져 봐도 소림 방장 다음의 비중을 지니고 있는 초신성이었다.

또한 그 기세는 나날이 성장하는 중.

십 년 후가 되었을 때엔 소림과의 역학 관계마저 뒤집혀 있을지 모른다는 것이 세간의 중론이었다.

그런 유백신이 지금 생각에 잠겨 있었다.

"……."

하나의 서신이 앞에 놓여 있었다.

정성스런 필체와 우아한 표현으로 치장된, 누가 보아도 마음이 동요될 법한 서신이었다.

물론 그 내용을 살피자면 결국 단순한 것이었다.

제발 좀 도와달라는 것.

현검문주 현무량의 아내, 채여화가 보내온 서신이었다.

그녀가 하남성 곳곳의 문파들에 일괄적으로 보낸 것 중 하나였다.

"백령단에 준하는 내단이라."

차라리 백년삼을 찾는 것이 빠를 것이다.

물론 유성문 정도의 재력과 영향력이라면 아주 구하지 못할 물건도 아니긴 했다.

유백신을 고심하게 만드는 것은 고풍스런 표현도, 그 안에 내재된 조강지처의 절박함도 아니었다.

그가 생각하는 것은 현검문의 현 위치였다.

"자네들은 어떻게 생각하지?"

서신을 옆으로 돌리며 유백신이 물었다.

그의 앞에 놓인 기다란 탁상의 좌우측으로 세 사람의 젊은이가 앉아 있었다.

이른바 유성삼협(流星三俠)이라 불리는 후기지수들이었다.

현 시점의 허창에서 가장 돋보이는 이들로, 유백신에게 있어 가장 가까운 수족이자 친우라 할 수 있었다.

"현검문이라면 그 고리타분한 문파 아닌가? 인망만 높고 실속은 없는 문주란 얘기가 많던데 쓰러졌을 줄은 몰랐군. 늘그막에 욕심 부리다 주화입마라도 당한 모양이지?"

가장 먼저 서신을 읽은 사내가 한마디를 꺼냈다.

큼직한 근육이 무복을 터트릴 것만 같은 장한, 유성삼협 중 최고의 다혈질이라는 군가량이었다.

"현무량이라는 자가 그렇게 앞뒤 가리지 않는 인물은 아닌 걸로 알고 있다. 필경 여기에 적히지 않은 뒷사정이 있겠지."

서신을 건네받은 사내가 말을 이었다.

여자가 아닐까 싶을 정도의 옥면과 가느다란 선을 지닌 사내.

칠성문의 복룡이라 불리는 진소명이었다.

마지막으로 서신을 건네받은 이는 가무잡잡한 피부의 여인이었다.

그녀는 서신을 대강 훑어보고는 유백신에게 돌려줬다.

"운영, 네 생각은 어떻지?"

구태여 질문하는 유백신이었다.

여인, 서운영은 어깨를 으쓱였다.

"글쎄요. 나는 이런 쪽으로는 별 생각이 없어서요. 이런 건 진 오라버니랑 얘기해서 결정하는 게 편할 거예요."

"녀석, 그래도 간단한 느낌 정도는 말할 수 있는 것 아니냐."

"여자가 지아비를 꽤나 사랑하나 봐요."

참으로 짤막하고도 성의 없는 대답이다.

유백신은 피식 웃었고 진소명도 입가에 미소를 띠었다.

군가량이 끙 하는 앓는 소리를 냈다.

"오늘은 또 무엇 때문에 골이 난 게냐?"

"골난 거 없거든요?"

내용과 달리 톡 쏘는 듯한 말투다. 꼭 먹이를 뺏겨 심통이 난 고양이를 보는 것만 같다.

"네 녀석이랑 하루 이틀 붙어먹은 줄 알아? 보아하니 최근에 집적거리던 백면서생 녀석한테 퇴짜라도 맞은 모양이군."

서운영의 낯빛이 살짝 붉어졌다.

그녀가 근래 모처의 학사에게 연정을 품고 있다는 건 세 사람 모두가 익히 알고 있던 차였다.

"도, 도대체 내가 차였다고 누가 그래요?"

"척 보면 딱이지. 그러니까 송충이는 솔잎만 먹으랬다고, 무림의 천둥벌거숭이인 네가 그런 서생 놈이랑 붙어먹을 인연은 결코 아니다."

"흥! 난 오라버니들이랑은 달라요!"

자리를 박차고 일어난 서운영이 씩씩거리는 걸음으로 나가 버렸다.

유백신과 진소명은 쓴웃음을 지었고 군가량은 이마를 손으로 짚었다.

"아이고, 저 철딱서니 없는 것."

"운영도 운영이지만 자네도 참 별종이군. 저 아이가 이제 열댓 먹은 어린애도 아닌데 너무 신경 쓰는 것 아닌가?"

"하는 짓마다 저리 철이 없는 걸 어떡하나? 자네들이 수수방관하니 나라도 나서야지."

유백신은 말갛게 웃었다.

하는 짓을 따지자면 군가량도 서운영 못지않게 유치한 면이 많았으나 굳이 입 밖으로 꺼내진 않았다.

"어쨌든 얘기나 계속하지."

"현검문 말인가?"

"그럼 그 얘기 말고 할 게 뭐가 있겠나."

"이해하기 힘들군. 이런 서신쯤이야 하루에도 수십 통씩 굴러들어 오지 않나? 자네가 굳이 신경 쓸 바는 아닌 듯한데."

거목이 있으면 거기에 기생하는 벌레들도 부지기수인 법이다.

하남의 신성인 유성문에 붙어먹고자 하는 이들은 셀 수 없을 정도로 많았다.

"하지만 현검문 같은 곳은 많지 않지."

"곰팡내 나는 군소 문파 아닌가?"

"그렇지는 않아. 근래의 현검문엔 조금 독특한 면이

있다."

진소명이 끼어들자 군가량이 의아해했다.

"독특한 면이라니?"

"은호방과 사룡방에 대해 아나?"

군가량이 고개를 가로젓자 진소명이 설명했다.

"여남의 암흑가를 주름잡던 양대 방파였지. 얼마 전 사이
좋게 산화해 버렸지만."

"헷, 촌구석 방파 따위가 뭐라고."

여남이 촌구석 소리나 들을 만큼 작은 성시는 결코 아니
었지만 유백신도 진소명도 그 점을 지적하지는 않았다.

"주목할 것은 그 과정에 현검문이 개입했을지도 모른다
는 점이다."

"그게 뭐 특이한 일인가?"

"현검문의 규모를 생각했을 땐 그렇지. 더군다나 저 녹림
맹 역시 현검문을 치려다가 거꾸로 멸망해 버리기도 했고."

"음……."

녹림맹에 대해선 군가량도 익히 알고 있었다.

"제 주제도 모르고 날뛰던 산적 놈들 말이군. 언젠가 날
잡아서 손 좀 봐주려 생각하고 있었는데."

"이제는 없어졌지. 더군다나 풍문에 의하면 놈들을 궤멸
시킨 이가 단 한 명에 불과했다고 한다."

"호오."

군가량의 눈매가 좁혀졌다.

그의 호승심이 대단하다는 것은 유백신도 진소명도 익히 알고 있는 바, 진소명의 발언은 그것을 자극하기 위함이 분명했다.

"그래. 이 정도면 문주가 현검문에 관심을 갖는 것도 이해가 되겠지?"

"그래서, 백신 자네 생각은 어떤데?"

두 사람의 성격을 대변해 주는 호칭이었다.

똑같은 막역지우(莫逆之友)임에도 진소명은 유백신에 대한 예우를 갖췄다.

사적인 자리가 아닌 한, 단둘만 있다고 해도 꼬박꼬박 문주라는 호칭을 고집했다.

반면 군가량은 단둘이든 수백 명의 앞이든 유백신의 이름을 허물없이 부르고는 했다.

어느 쪽이 되었든 유백신으로서는 고맙고 기분 좋은 일이었다.

"내 생각이라."

유백신은 앞쪽으로 몸을 끌어당겼다.

"내가 듣기로 녹림맹을 궤멸시킨 이는 현검문주의 아들이었다고 하더군. 재미있는 점은 그의 무공이 현검문의 것이 아니란 점이었어."

"현검문의 것이 아니라고? 그럴 수도 있나?"

일문의 소공자, 그것도 장남이라면 차후 문파를 이어갈 후계자가 될 가능성이 높다.

물론 무조건 그렇다고만은 할 수 없는 일이지만, 기이한 느낌이 드는 것은 사실이었다.

고개를 갸웃거리는 군가량에게 진소명이 첨언했다.

"듣기로 은호방과 사룡방의 궤멸에도 그자가 깊이 관여해 있다고 한다. 물론 이건 하오문의 추측에 불과하지만."

정보력 면에선 개방에 유일하게 비견된다는 곳이 하오문이다.

그들이 내린 결론이라면 영 헛것은 아닐 터였다.

"난 그자를 유성문에 끌어들이면 어떨까 생각하고 있어."

유백신이 본론을 꺼냈다.

이 점이 유성문을 위시로 한 상계 문파들의 특이점이었다.

정통성에 묶여 있지 않는 유연한 사고방식.

이윤이 될 만한 자라면 그 출신이나 성격을 따지지 않는다는 것이다.

물론 뿌리 깊은 문파들의 입장에선 근본 없는 시정잡배

의 태도라며 멸시하긴 했지만.

군가량도 영 마뜩치 않은 듯 눈살을 찌푸렸다.

"아무리 그래도 유성문은 엄연한 일대종문인데, 무공 자체가 다른 자를 끌어들이는 건 모양새가 떨어지지 않나?"

유성문의 무공은 본디 흑도의 것이던 무공들을 최적의 형태로 조합하고 개량한 것이었다.

그 과정에서 흑도 무공 특유의 조악함을 덜어내고 백도 무공에 걸맞은 격과 식을 갖춰 넣었다.

이는 유백신의 아버지이자 유성당의 당주인 유군성이 수많은 무인을 고용해 이루어낸 업적이라 할 수 있었다.

물론 현재까지도 유성문의 무공을 천시하는 이들이 적지는 않았으나, 유성문과 유성당의 위세 덕분에 겉에서만큼은 상당한 대우를 해주고 있었다.

"그의 무공을 유성문의 것으로 화할 수도 있고, 반대로 우리의 무공을 그에게 전수할 수도 있겠지. 인재를 얻을 수 있다면 과정이야 어떻건 별 문제는 아니야."

"그야 그렇지만……."

"자네들과 더불어 그자가 힘이 되어준다면 유성문의 성장세도 더욱 커지지 않겠나?"

유백신은 야망이 큰 사내였다.

그것은 어릴 적부터 그와 친분을 쌓아온 두 사람이 누구보다 잘 알고 있었다.

그의 인재 욕심에 대한 것도 마찬가지였다.

현재는 일문의 종주이긴 하나 그는 엄연한 상도(商道)의 후계자.

한 명의 인재가 지닌 가치가 얼마나 큰지 가늠하는 것쯤은 일도 아니었다.

필경 현검문주의 아들이란 자의 가치가 최고급 내단에 준할 정도라고 판단한 것이리라.

'그놈이 그 정도란 말이지?'

구가량이 입술을 혀로 핥았다.

한 판 붙어보고 싶다는 생각이 뱃속에서부터 들끓는 듯했다.

"그래서, 현검문에는 어찌 답장을 보낼 생각인가?"

"그 일은 소명에게 일임하고 싶은데."

유백신의 말에 진소명이 고개를 끄덕였다.

"알겠네. 어떻게 써서 보내면 될까?"

"어떤 식이 되어도 좋네. 현검문주의 아들이 이곳으로 올 수 있게끔 작성해 주게."

"어려운 일은 아니지. 알겠네."

유백신은 흡족한 표정을 지었다.

*　　　*　　　*

현월은 문전성시를 이룬 시장 앞에 서 있었다.

그는 허창에 와 있었다. 쇠뿔도 단 김에 빼랬다고, 마음을 정하자마자 주저 없이 이곳으로 향했던 것이다.

쉬지 않고 달려온 덕에 수백 리 거리를 하루 만에 주파했다.

아마 혼자였다면 한나절도 걸리지 않았을 것이다.

"괜찮소?"

옆으로 시선을 옮기고서 나직이 물었다.

그의 곁엔 허리를 숙인 채 헐떡이고 있는 유화란이 있었다.

비교적 말끔한 현월과 달리 그녀는 백색 무복이 흠뻑 젖을 정도로 땀을 흘린 뒤였다.

고수인 그녀로서도 이번 여정은 상당한 무리였다.

그나마도 현월이 상당히 배려를 해준 편이었지만.

겨우 고개만 쳐든 유화란이 숨을 애써 진정시키고서 물었다.

"지금 이게 괜찮아 보여요?"

"미안하게 됐소. 하지만 혼자서는 아무래도 문제가 많을 것 같았소."

사람을 다루는 데 있어선 서툴 수밖에 없는 현월이다.

암제로서 지낸 이십 년의 시간 동안 인간관계를 거의 접하지 못했었던 까닭이다.

때문에 유화란을 데려올 수밖에 없었다.

아무래도 사람을 다루는 거라면 그녀가 현월보다 나을 터였으니.

그 상세한 내막까진 모르는 유화란이었으나, 현월이 미안하다고까지 하니 더 쏘아붙이진 않았다.

그의 사정이 이해 가지 않는 것도 아니었고.

아버지가 쓰러져 생사를 헤매고 있으니, 아들이 된 도리로서 최선을 다하지 않을 수 없을 것이다.

'그 정성의 일부만이라도 스승님께 베풀어줬더라면…….'

그녀의 입장에선 자꾸만 그 생각이 들 수밖에 없었다.

그날 현월이 사룡방주의 호위만 맡았던들 그가 죽는 일은 없었을 테니까.

물론 그렇다 하여 현월을 원망할 순 없는 노릇이다.

그에게 사룡방주를 지킬 의무 같은 게 있는 것도 아니었고.

"그럼 이제 어디로 가면 되겠소?"

현월의 물음에 유화란은 고개를 휘휘 저었다.

"잠시만요. 저도 이곳은 오랜만이라서요."

"지리가 많이 바뀌었나 보군."

"아뇨. 그런 건 아니에요. 다만 하오문에 접근할 방법이 쉬이 떠오르지 않아서요."

"그냥 그 지부가 있는 건물을 찾아가면 되는 것 아니오?"

"하오문 지부는 건물 같은 걸 따로 두지 않아요."

일견 특이한 경우였으나 현월은 이내 고개를 끄덕였다.

정보 집단은 그 성격상 폐쇄적이고 비밀스러울 수밖에 없었다.

사실 하오문이 그만큼이나 신비스러운 집단은 아니긴 했지만.

그새 생각을 정리한 듯 유화란이 걸음을 떼었다.

"따라오세요. 아, 그리고 여비는 넉넉하게 챙겨 왔겠죠?"

"의뢰에 필요할 것 같아 어느 정도 가져오긴 했소만, 그건 왜 묻소?"

"그들과 접선하는 데에 필요할지도 모르거든요."

두 사람은 시장 한켠에 위치한 으슥한 골목으로 들어섰다.

여남의 암흑가와 비슷한 곳이었다.

차이가 있다면 여남의 그곳보다는 훨씬 화려하고 열기가 넘친다는 점이었다.

그 이유는 실로 간단했다.

"도박장이군."

나직한 현월의 목소리에 유화란이 고개를 끄덕였다.

"허창의 도박가는 하남 최대의 규모를 자랑하죠. 이곳에서 하루에 오가는 돈만 따져도 성 하나를 살 수 있을 정도라고 해요."

"그런데 이곳이 하오문과는 어떤 관계가 있소?"

"매우 밀접한 관계가 있죠. 도박장을 운영하는 일엔 하오문도들의 입김이 크게 작용하니까요."

하오문의 성격이 소소한 잡역에 집중되어 있음을 생각해본다면 이해가 되는 일이었다.

"그래서, 그들과는 어떻게 접선할 것이오?"

유화란은 대답 대신 손을 내밀었다.

그녀의 새하얀 손바닥을 물끄러미 쳐다보던 현월이 전낭에서 은전 하나를 꺼냈다.

은전을 허공에 한 차례 튕긴 유화란이 한쪽 눈을 찡긋했다.

"따라와요."

그녀는 질펀하게 늘어진 도박판 중 하나로 끼어들었다.

다소 요염한 기세를 흘리며 자리에 앉으니 주변 사람들의 시선이 한데 쏠렸다.

간단한 도박이었다.

음각한 나무 주사위 두 개를 사발로 덮어서는 흔든 후에 나오는 숫자로 승패를 가리는 식.

유화란은 처음의 몇 판을 내리 잃었다.

그러면서 앙증맞게 투덜거린다든가, 돈을 딴 도박꾼에게 몸을 기대며 비결을 묻는다든가 하며 분위기를 휘어잡았다.

모양새만 봐서는 세상물정 모르는 규수나 다름없었다.

그러면서도 은근히 요염한 기세를 풍기니, 주변 사람들이 사르르 녹는 것도 당연했다.

그녀를 제법 보아온 현월로서도 꽤나 놀라운 모습이었다.

유화란이 만들어 놓은 분위기 속에 판돈이 자연스레 올라갔다.

다른 무엇보다 그녀가 무심코 던진 한마디가 결정타였다.

"아이, 참. 이러다 옷가지까지 판돈으로 걸게 생겼네."

어떻게든 그녀를 벗겨 먹고야 말겠다는 무언의 분위기가 도박판을 휘감았다.

도박꾼들은 자기도 모르게 동질감을 느끼며 경쟁적으로 판돈을 올리기 시작했다.

그리고 그때부터 유화란이 돈을 쓸어 담기 시작했다.

원래 판돈이던 은전 한 냥이 삽시간에 열 배로 불어났다.

그래도 그때까진 별 문제가 없었다.

초심자의 행운이란 창창한 날의 소나기처럼 뜬금없이 찾아오는 법이었으니까.

하지만 그 돈이 스무 냥까지 늘어났다면 얘기가 다르다.

그제야 도박꾼들도 화들짝 정신을 차렸다.

뒤늦게 현실을 자각한 것이다.

'이년, 초짜가 아니다!'

'제기랄! 오늘 걸려도 단단히 걸렸구나.'

그때까지도 유화란은 순진하면서도 요염한 언동을 유지하고 있었다.

그 모습이 선녀님 같던 조금 전과 달리 나찰이나 악귀로 비친다는 게 차이였지만.

기어코 참지 못한 도박꾼 하나가 판을 엎었다.

"이런 오라질년! 이따위 개수작을 부려?"

"대체 그게 무슨 말씀이시죠?"

아미를 찡그리며 되묻는 유화란.

그 와중에도 자기가 딴 판돈은 고스란히 옷깃 사이로 감추는 걸 잊지 않았다.

"내가 네년 꿍꿍이를 모를 것 같으냐? 순진한 척하면서

이 몸을 등쳐먹으려 들어?"

"무슨 소릴 하는 건지 모르겠네요. 따는 날이 있으면 잃는 날도 있는 것 아닌가요?"

"시끄럽다! 이렇게 된 거, 오늘 네년 속살이라도 보고야 말겠다."

그렇게 지껄이며 단도 하나를 꺼내 쥔다.

주변 도박꾼들은 이맛살을 찌푸리면서도 슬금슬금 물러나 판을 깔아주었다.

그들도 내심 유화란이 당하는 꼴을 기대하는 눈치였다.

하기야 일이 잘못되어도 자기들은 구경한 죄밖에 없으니, 모든 것은 당사자들이 덤터기를 쓰게 될 터였다.

현월은 끼어들어야 하나 고민했지만 이내 고개를 저었다.

'괜찮겠지.'

애초에 유화란이 엮어놓은 국면이다.

생각이 없지 않을 바에야 어찌 대처법이 없겠는가.

더군다나 씩씩거리는 사내들이나 음흉한 미소를 띤 채 구경하는 이들이 모두 덤벼도 그녀의 일 초조차 받아내지 못할 것이 분명했다.

과연 유화란의 입가엔 희미한 미소가 얹혀 있었다.

명백한 비웃음. 그것을 본 사내의 눈깔이 허옇게 뒤집

혔다.

"이년!"

사내가 단도를 역수로 쥐고는 휘두르려 했다.

앙칼진 외침이 터져 나온 것은 그때였다.

"비열한 것들! 사내놈 여럿이 아녀자 한 명을 핍박하려 하다니!"

동시에 득달같이 달려드는 신형이 있었다.

날렵한 앞차기로 단도를 허공에 띄우고는 사내의 오른팔을 휘감아 당겨 그대로 제압해 버렸다.

"크악!"

사내가 외마디 비명을 토했다.

급습자의 얼굴을 확인한 도박꾼들이 희게 질려서는 후다닥 물러났다.

매끈한 인상의 여인이었다.

적갈색 피부엔 윤기가 감돌았고 무복 사이로 언뜻 보이는 팔다리가 탄력 있어 보였다.

마치 날렵한 살쾡이 한 마리를 보는 듯했다.

소란이 일어나니 장정 몇 명이 나타났다.

도박판에서 으레 일어나는 소란을 담당하는 이들로 보였는데, 그들조차 여인의 얼굴을 확인하고는 몸을 움찔했다.

"서, 서 소저."

"일단 진정부터 하시지요."

칠 척에 이르는 거구들이 여인 하나에 쩔쩔매는 모습.

아무래도 실력뿐 아니라 배경 또한 상당한 모양이었다.

"흥."

여인은 콧방귀를 뀌고는 팽개치듯 사내의 팔을 놓았다.

사내는 꺾였던 팔을 부둥켜 쥔 채 앓는 소리를 냈다.

여인은 사내는 물론이고 장정들조차 무시한 채 유화란을 돌아봤다.

"괜찮아요?"

"아, 네."

유화란은 떨떠름한 반응이었다.

다 된 밥에 재가 뿌려진 격이니 어쩔 수 없었다.

여인은 그걸 아는지 모르는지 훈계라도 할 듯한 태도였다.

"호기심으로라도 이런 데는 오지 않는 게 좋아요. 신세를 망치고 싶다면 또 모르겠지만요."

"아니, 그게……."

유화란이 한숨을 쉬었다.

그때 엎어진 채 끙끙대던 사내가 단도를 재차 쥐고는 일어났다.

"죽인다!"

사내는 그대로 여인의 뒤통수를 내려찍으려 했다.

여인이 반응하려 할 때 유화란이 한발 앞서 신형을 쏘았다.

퍼억!

명치를 걷어차인 사내가 주르륵 미끄러졌다.

한동안 켁켁대다가 축 늘어지는 게, 며칠은 침상 신세를 져야 할 듯했다.

"아."

그제야 여인도 상황을 파악한 듯 멋쩍은 표정을 지었다.

"제가 괜한 참견을 한 거였군요."

"그러네요. 의도 자체야 고맙긴 하지만요."

짤막히 대꾸한 유화란이 몸을 돌렸다.

그녀는 현월에게 다가가 말했다.

"가요. 아무래도 다른 방법을 찾아야겠어요. 아무래도 바보들을 우려낸 것만으로 만족해야겠네요."

그때 여인이 급히 따라왔다.

"잠시만요!"

유화란은 대놓고 귀찮은 표정을 지었다.

"왜 그러시죠?"

"그러니까 처음부터 저치들을 뜯어먹으려고 작정하고 판에 끼어들었다는 건가요?"

"그런데요?"

스르릉!

별안간 허리춤의 검을 뽑아 드는 여인이었다.

하늘하늘 흔들리면서도 은색 광채를 뿌리는 연검이었는데, 검신의 뿌리 부분에는 유성이란 두 글자가 음각되어 있었다.

"유성문의 서운영, 소저를 그냥 보낼 수는 없을 것 같군요. 갈취한 판돈은 모두 피해자들에게 돌려주어야겠어요."

"……."

도와줄 땐 언제고 이제 와서 판돈을 내놓으란다.

도무지 종잡을 수가 없는 여인이었다.

'철부지 애송이가 따로 없네.'

속으로 중얼거린 유화란은 나직이 한숨을 쉬었다.

"미안하지만 정작 그 피해자들은 종적을 감춘 듯하군요."

"네?"

여인, 서운영은 그제야 황급히 주변을 살폈다.

도박판에 있던 당사자들은 물론이요, 구경꾼들조차 반쯤 흩어진 뒤였다.

유화란의 무위를 목도하고는 발을 뺀 것이다.

"아……."

"게다가 판 자체엔 어떤 속임수도 없었어요. 내가 정당하게 따낸 판돈을 왜 돌려줘야 한다는 건지 모르겠군요."

"그, 그건······."

우물쭈물하는 서운영을 내버려 둔 채 유화란은 휙 몸을 돌렸다.

"가죠, 현 소협."

"잠시만."

현월이 그녀를 만류했다.

유화란이 의아한 얼굴로 돌아보자 현월은 간략히 설명했다.

"그녀는 자신을 유성문도라고 칭했소."

"······그랬나요?"

"확실히."

서운영을 힐끔 돌아본 유화란이 어깨를 으쓱였다.

"잘 쳐줘야 말단일 듯싶은데요."

"그렇진 않을 거요."

사내에게 짓쳐 들던 서운영의 신법은 결코 폄하할 만한 게 아니었다.

최하로 잡더라도 유화란과 동률을 이룰 정도는 됐다.

물론 그 무위에 비해 판단력은 많이 떨어져 보였지만.

현월은 서운영에게 다가갔다.

"소저, 유성문의 문도가 맞소?"

"……누구시죠?"

되묻는 태도엔 거부감이 서려 있었다.

"듣기로 유성문은 명문정파를 표방한다는데, 그곳의 문도가 왜 도박판을 기웃거리고 있는 것이오?"

"댁이 상관할 바는 아니지 않나요?"

"그건 그렇군. 그나저나 무공 수위로 봐서는 문파 내에서도 꽤나 중책을 맡고 있을 것 같소만."

서운영은 어처구니없는 기분이었다.

유성삼협의 홍일점이라 하면 허창 내에 모르는 이가 없을 정도였건만, 눈앞의 사내는 그런 것은 아무 것도 모르는 눈치였다.

하기야 자신을 무시하는 저 여자만 하겠느냐만.

"앞서 그쪽더러 누구시냐고 물었던 것 같은데요."

"현월."

서운영은 그 이름을 몇 차례 입속으로 굴려보았다.

어디서 들어본 것도 같은데 마땅히 떠오르는 게 없었다.

"유성문에 용무라도 있나요? 그런 거라면 장원을 찾아는 게 빠를 텐데요."

"그렇게는 문주를 만나기 힘들 테니까."

서운영의 얼굴에 노골적인 거부감이 피어났다.

"유 오라버니를 만나 뭘 어쩔 생각이죠?"

현월의 예상대로 그녀는 유성문의 문주와 가까운 사이인 듯했다.

사실 허창 내의 삼척동자라도 아는 것이긴 했지만.

유화란이 뒤늦게 깨달았다는 표정을 했다.

"그리고 보니 유성문주의 곁엔 유성삼협이라 불리는 동지들이 있다고 했어요. 그중 하나가 여자란 얘기를 들었던 것 같아요."

"그게 소저요?"

장난기 없는 태도로 묻는 현월.

서운영으로선 헛웃음이 나올 일이었다.

"그래요. 내가 그 서운영이라고요. 그것도 모르는 것을 보니 어디 산속에서 면벽수련이라도 하다 왔나 보죠?"

"아니, 그건 아니오."

참으로 재미없는 남자다.

서운영은 고개를 휘휘 저었다.

"오해를 한 점은 미안하게 됐어요. 하지만 당신이 됐든 저 소저가 됐든 유 오라버니께 안내할 생각은 없으니 허튼 수작은 마시죠."

"어떻게 하면 그에게 안내해 줄 수 있겠소?"

"어떻게 해도 안 될 거예요."

딱 잘라 말한 서운영이 물러났다.

접근을 불허하는 단호한 태도.

더 말을 붙여봐야 역효과만 볼 것 같았기에 현월은 말을 보태지 않았다.

서운영이 까닥 목례를 했다.

정말 최소한의 예의만을 보이겠다는 듯한 태도였다.

"그럼 이만. 다시 볼 일이 없었으면 좋겠군요."

"그렇지는 않을 거요."

서운영이 미간을 좁혔다.

"그게 무슨 뜻이죠?"

"앞서 말한 걸로 기억하오만."

"그럼 저도 다시 말씀드리죠. 당신이 유 오라버니와 만나게 될 일은 없을 거예요."

현월은 대꾸하지 않았다.

그는 그저 물끄러미 서운영을 바라볼 따름이었다.

서운영은 도망치듯 자리를 피했다.

별다른 사고가 난 것이 아닌데도 그녀는 망신이라도 당한 듯한 기분이었다.

그녀가 멀어지자 유화란이 다가왔다.

"이제 어쩌죠?"

현월이 그녀를 돌아봤다.

"원래 계획은 뭐였소?"

"원래 이곳에서 말썽이 생기면 군중 사이에서 대기 중이던 경비들이 나타나게 되어 있어요. 그리고 대개 그런 자들을 다루는 건 하오문이죠."

"그들을 족쳐서 하오문 수뇌부와 접촉을 할 생각이었군."

"협력을 얻는다… 라고 해두죠."

무림 내에서도 가장 시시콜콜하고 잡다한 일들을 맡는 방파.

그것이 하오문에 대한 세간의 인식이었고 실제로 얼추 들어맞기도 했다.

얕은 무공 대신 치밀한 교섭력과 광활한 정보력을 무기로 삼은 것이 그들이었으니까.

그런 만큼 그 형태가 거미줄처럼 촘촘하면서도 긴밀하게 이어져 있는 것이 하오문이란 조직체의 구성이었다.

다시 말해 말단부터 족치면서 위로 나아간다면 어떻게든 수뇌부에 다다를 수 있다는 뜻.

유화란은 그 시작점을 도박장으로 택한 것이었다.

서운영의 오지랖 덕에 엎어지고 말았지만 말이다.

"그래도 저들의 돈을 우리가 가지고 있으니, 어떻게든 접촉해 올 수밖에 없을 거예요."

"저들의 돈? 정당하게 딴 돈이라고 말하지 않았었소?"

"저들은 그렇게 생각하지 않을걸요."

유화란이 은전 하나를 손가락으로 튕겨 현월 쪽으로 날렸다.

4장

하오문과의 접촉

하오문의 눈과 귀는 중원 곳곳에 흩어져 있다.

지부까지 두고 있는 허창이라면 더 말할 필요도 없을 것이다.

도박장 내에서 소요를 일으킨 여고수에 대한 소문은 빠르게 시내로 퍼졌다.

자연히 그녀의 뒤를 따르는 눈길들도 많아질 수밖에 없었다.

유화란은 보란 듯이 은전을 뿌렸다.

일견 쓸모없어 보이는 물건들을 사들였고, 고급 객잔에

서 비싼 음식들을 시켜놓고는 젓가락 몇 번 깨작대지 않고 나와 버렸다.

그러기를 반 시진.

어느 순간부터 그녀의 뒤를 따르는 미행인들이 생겨났다.

거의 노골적이다 싶을 정도.

유화란도 그들의 미행을 알았기에 적당한 객잔에 방을 잡고는 안으로 들어섰다.

반 다경쯤 지났을 때 그녀가 문득 운을 뗐다.

"기다리느라 목 늘어지겠군요. 눈치 그만 보고 들어오는 게 어때요?"

끼이익.

문을 열고 들어서는 이는 말끔한 인상의 중년인이었다.

신분을 증명하는 물건 하나 없었다.

하지만 유화란은 그가 하오문에서 나왔다는 것을 알 수 있었다.

"신분이?"

"하오문 허창 지부장 곽철이오."

유화란은 쓴웃음을 지었다.

이것을 노린 거긴 하다지만 설마 가장 높은 위치에 있는 자가 직접 행차할 줄이야.

곽철은 웃음기 없는 얼굴로 말을 이었다.

"씀씀이가 무척이나 헤프시더군."

"공돈이 들어온 건 오랜만이라서요."

"보통 갈취한 금품을 공돈이라 부르지는 않는 걸로 아오만."

"갈취라니요?"

"유성문의 철부지 아가씨는 속일 수 있어도 하오문의 눈은 속일 수 없소."

주사위의 눈을 의도적으로 조작하는 일은 힘들긴 해도 불가능한 것까진 아니다.

하물며 그녀 정도의 손놀림을 지닌 고수라면.

"그 자리에 있던 문도들이 말하더군. 속임수를 쓰지 않고서야 그런 상황이 벌어질 수 없다고."

유화란은 빙글빙글 웃으며 말을 돌렸다.

"도박꾼 중에도 하오문도가 있었나 보군요. 어쩌면 그 자리에 있던 모두가 한패거리였을지도 모르고요. 그런 식으로 무고한 사람을 뜯어먹는 게 당신들의 방식인가요?"

"도박은 쌍방 간의 합의를 전제로 이루어지는 것이오. 그 판에 끼어든 이상은 우리의 방식에 암묵적으로 동의했다고 봐야지."

"그렇다면 제 방식도 문제될 건 없겠군요."

"속임수를 썼다면 얘기가 다르오. 우리는 패를 이루긴 해도 속임수를 쓰진 않소."

"그거, 궤변인 건 알고 있겠죠?"

"긴말 하지 않겠소."

곽철이 고개를 휘휘 저었다.

"이 방 바깥에 협력자들이 집결해 있소. 남은 돈이나마 돌려준다면 이 이상 따지지 않으리다."

담백하기까지 한 협박이다.

하지만 유화란의 주의를 끄는 건 협박 자체보다도 협력자라는 단어였다.

"다른 문파에서 사람을 차출한 모양이군요."

하오문의 무기는 정보력과 교섭력.

사실 문도 개개인의 무공 수위는 결코 높은 편이 아니었다.

그나마 지부장쯤 되는 이는 어느 정도 실력이 있을 터였다.

하지만 그렇다 하여 유화란에 필적할 수준은 결코 아닐 터였다.

"사담을 나눌 생각은 없소. 순순히 돈을 내놓겠소, 아니면 혼쭐이 나봐야겠소?"

"남은 돈만 다 돌려주면 청산되는 건가요?"

"물론 그건 아니오. 나머지는 직접 변제해야 할 것이오. 그나마 소저는 얼굴이 반반한 편이니 많이 걸리진 않겠군."

유곽이나 기루에 처넣겠다는 소리.

웃음기 하나 없는 진지한 태도로 대답하는 곽철이었다.

"그럴 일은 없을 것 같군요."

곽철의 미간이 좁혀졌다.

"해보겠다는 거요?"

"그럴 필요도 없을걸요."

"점잖게 끝내려 했는데 안 되겠군."

곽철이 손뼉을 쳤다. 문밖에 대기 중인 무인들을 부르는 신호였다.

안으로 들어서는 이는 한 명뿐이었다.

의아함을 느낀 곽철이 고개를 돌렸다.

처음 보는 사내다. 더군다나 복면으로 얼굴의 절반을 가리고 있었다.

"……!"

흠칫 놀라는 것도 잠시, 곽철은 거의 반사적으로 허리춤의 검을 출수했다.

하나 사내는 한 수 앞서 진각을 뻗어 곽철의 검병을 밀어찼다.

허리춤이 밀리며 곽철의 신형이 비틀렸다.

"큭!"

곽철은 할 수 없이 좌수를 뻗어 사내의 인중을 찔러들어갔다.

하지만 사내는 고개를 비트는 것만으로 피해 버리고 곽철의 손끝을 잡아당겨 엎어트렸다.

그러고는 그대로 등을 밟아 제압했다.

곽철이 연신 일어나려 했다.

그러나 사내는 천근추의 묘리를 실어 그의 등허리를 지그시 밟았다.

척추가 눌리는 느낌에 곽철의 모골이 송연해졌다.

사내가 조금만 더 힘을 줘도 그는 반신불수가 될 터였다.

"누, 누구냐!"

"암제."

나직한 대답. 곽철이 얼굴이 이내 하얗게 질렸다.

"여남의……!"

"과연. 나에 대해 알고 있군."

"다른 이들은 어떻게 했소?"

"한참 단잠을 즐기고 있지."

곽철이 데려온 이는 모두 열 명.

우호 관계인 문파들로부터 빌려온 그들은 최소 이류 이상의 인재였다.

유화란의 실력을 일류 이상으로 잡아 넉넉하게 데려온 것인데, 모조리 제압당해 버린 것이다.

더군다나 약간의 기척이나 소음도 없이.

곽철의 등허리에 소름이 돋았다.

여남의 암흑가에 혜성처럼 나타난 암제라는 자의 소문은 허창에까지 흘러들어 온 상태였다.

당연히 하오문 역시 그에 대해 대략적으로는 알고 있었다.

손속은 잔인하기 짝이 없으며 내뻗는 칼날엔 일말의 자비심도 없다.

공포 그 자체로 이루어진 것만 같은 자.

암제를 한 번이라도 만나본 자들은 하나같이 입을 모아 그렇게 말했다.

마치 여느 살인귀나 자객들과 다른 수준의 존재라는 양.

그런 자가 자신의 등허리를 짓밟고 있는 것이다.

심심풀이로 척추를 분지른다 하여 이상할 것도 없었다.

단잠을 즐기고 있다는 말도, 기실은 모조리 참살했다는 비유일는지도 몰랐다.

'조금만 수틀려도 내 목숨을 앗아갈 것이다.'

곽철의 어조가 다급해졌다.

"워, 원하는 게 뭐요?"

"사람."

"누굴 찾으려는 거요?"

"쓸 만한 자."

곽철은 공포를 느끼는 와중에도 의아함에 눈을 깜빡거렸다.

이자가 지금 내게 농지거리를 하고 있는 건가?

설명이 부족했음을 느낀 현월이 덧붙였다.

"은호방과 사룡방을 잇는 방파를 하나 만들고자 한다. 그곳의 경영을 보좌할 사람을 구하려 하는데, 그런 면에 있어선 하오문이 중원 최고라더군."

자기네를 상찬하는 말임에도 곽철은 약간의 기쁨도 느낄 수 없었다.

"사무를 담당할 사람이 필요하단 말씀이오?"

"정확하다."

곽철은 정신적인 공황 상태에 빠졌다.

암제라는 자는 무차별적인 살인귀에 가깝다는 얘기를 이 골이 나도록 들었던 터인데, 자신을 제압한 자의 용건은 그런 것과는 거리가 멀었다.

실로 사무적이고 실용적인 이야기일 뿐.

그것을 체감하고 나니 공포심이 어느 정도는 누그러지는 듯했다.

털이 쭈뼛 서는 듯한 긴장감만큼은 여전했지만.

"그런 이유로 저 소저를 부려 소란을 일으킨 것이외까?"

"그게 당신을 만나는 지름길이라더군."

하긴 정말 그렇게 되긴 했다.

곽철로선 한숨만 나올 일이었지만.

"조금 더 평화적인 방법을 찾을 수도 있지 않았겠소?"

"시간이 그렇게 넉넉한 편은 아니어서."

현월은 유화란에게 눈짓을 했다.

유화란이 전낭째로 곽철의 눈앞에 내려놓았다.

"착수금이에요. 이 정도면 충분할 거라고 봐요. 사무원에 대한 개별적인 봉급은 별도로 지급하도록 하죠."

곽철은 마른침을 꿀꺽 삼켰다.

원래 자기네 돈이 아니냐고 따질 만큼의 배짱은 그에게 없었다.

"사람을 구하면 어디로 보내면 되겠소?"

"여남의 암흑가에서 제갈윤을 찾으세요."

"제갈윤? 은호방의 제갈윤 말이오?"

"그래요. 서두를 필요까진 없지만 너무 늦어지거나 돈만 먹고 내뺀다면 문제가 생길 거예요."

"그, 그런 일을 없을 거외다."

척추를 짓누르는 발의 감촉이 사라졌다.

곽철은 호랑이 아가리에 머리를 빼냈다는 기분에 안도의 한숨을 뱉었다.

현월이 덧붙였다.

"거대 문파를 운영할 있을 정도의 인원이 필요할 것이다. 그 점에 유념해 주었으면 좋겠군."

"무, 물론이오."

여남의 암흑가를 장악했다면 필시 은호방과 사룡방을 합친 수준의 규모이리라.

은호방 출신의 제갈윤을 포섭했다는 것만 봐도 집단의 체적이 어느 정도일지 예상이 됐다.

"기대하지."

현월은 그 말을 끝으로 방을 나갔다.

곽철은 한참이 지나도록 그 사실조차 몰랐다.

결국 유화란이 넌지시 말해주었다.

"그는 갔어요."

흠칫 놀란 곽철이 후다닥 일어났다.

말끔하던 행색은 식은땀과 바닥의 먼지로 인해 엉망이 된 뒤였다.

"소저는 대체 누구요? 누구이기에 저런 자와 손을 잡은 거요?"

"꼭 알아야겠나요?"

의미심장한 물음에 곽철이 급히 손을 내저었다.

"아, 아니오! 대답하기 싫다면 굳이 하지 않아도 되오."

"그래 봐야 어차피 뒷구멍으로 어떻게든 알아내려 할 것 아닌가요?"

"그, 그것이……."

아니라고 필사적으로 잡아떼어야 하는데, 당황한 까닭에 그러지도 못하는 곽철이었다.

그의 심중이 얼마나 흔들리고 있는지 보여주는 광경이었다.

유화란은 그를 그만 놀리기로 했다.

"사룡방의 유화란이라 하면 알 테죠."

"사룡방주의 제자……!"

곽철은 재차 머리를 망치로 얻어맞는 기분이었다.

옛 은호방의 두뇌와 사룡방주의 제자라니, 암제란 자는 정녕 여남을 자기 손아귀에 둔 모양이었다.

과연 그 영향력이 여남에만 미칠 것인지는 두고 볼 일이었다.

"우선은 그 정도만 알아두는 게 좋을 거예요."

뒷조사를 할 생각은 꿈도 꾸지 말라는 경고였다.

곽철은 다급히 고개를 끄덕였다.

"무, 물론이오."

"좋아요. 그럼 돌아가세요."

명령조의 말임에도 곽철은 감사함을 느꼈다.

조금 전의 사내가 진짜 암제인지에 대한 의심은 전혀 들지 않았다.

등허리를 누르던 감촉과 그 너머의 무시무시한 살기.

결코 가짜의 것이 아니리란 확신이 들었던 까닭이다.

급히 방밖으로 나온 곽철은 널브러져 있는 무인들을 보고는 다시금 안도했다.

그들은 형편없이 고꾸라져 있기는 했으되 목숨에는 지장이 없어 보였다.

하나같이 혈을 제압당한 상태였는데, 그 단순한 방법에서 유추할 수 있는 건 암제의 수위가 상상 이상이란 점뿐이었다.

'괴물 같은 자.'

그 역시 무림을 종횡하며 수십 년이 넘게 칼밥을 먹어온 몸이었다.

하오문 허창 지부장의 자리에 오르기까지 수많은 기인이사를 만나보았다.

그중엔 정말 상식의 잣대로는 파악하기 힘들 정도로 괴이한 자들도 부지기수였다.

하나 이번 상대와 같은 경우는 그리 많지 않았다.

조금 전 암제가 보인 살기는 여타 무인들의 것과는 다른 성질의 것이었다.

　말로 풀어 설명하기는 힘들었으나, 분명한 사실이 한 가지 있기는 했다.

　'두 번 다시는 맞서고 싶지 않다는 것.'

　곽철은 쓰러진 무인들을 점혈해 깨웠다.

　그들에게 제압당했을 때의 상황에 대해 묻고 싶었으나 지금 이곳에선 하지 않는 게 좋으리란 생각이 들었다.

*　　　*　　　*

　"휴우."

　장원으로 들어서는 서운영의 표정은 나갈 때와 마찬가지로 구겨져 있었다.

　대낮에 있었던 일에 대한 기억 때문이었다.

　또래로 보이는 여인에게 바보 취급당한 것은 물론이요, 기이한 사내까지 만났다.

　그가 서운영에게 추파를 던졌다거나 시비를 건 것은 아니었지만, 그녀는 왠지 모를 기이한 느낌을 사내로부터 느꼈다.

　'이상한 자였어.'

일견 침착하면서도 세상 물정에 어두운 듯한 태도.

유성문의 위명 앞에서도 아무런 반응이 없던 초연한 모습.

그녀가 평소 접해 왔던 무인들과는 뭔가가 달랐다.

그 차이점이 무엇인지 제대로 설명하기는 애매했지만 말이다.

"뭘 그렇게 구시렁거리고 있는 것이냐?"

진소명이었다.

서운영은 그제야 자신이 본당 앞까지 걸어왔다는 것을 깨달았다.

"아, 진 오라버니."

"귀신이라도 본 것 같은 얼굴이구나."

"제가요?"

"무슨 일이라도 있었더냐?"

"아뇨! 아무 일도 없었어요."

황급히 중얼거리며 멋쩍게 웃는 서운영이었다.

진소명으로서는 그 모습이 한층 수상해 보일 따름이었지만.

"뭐, 네가 그러는 것도 하루 이틀은 아니니. 어쨌든 주연에서는 그리 멍한 태도를 보이지 않도록 해라."

"주연이요?"

"알고서 이리로 온 게 아니었더냐?"

서운영은 다급히 머릿속을 뒤져 보았다.

분명 유백신이 허창의 무림 명숙들을 초빙해 식사를 대접하겠다던 날이 오늘이었다.

그러고 보니 그녀가 장원을 나가 있었던 것도 그 때문이었다.

평소 명숙이란 작자들을 만난다는 게, 그녀로서는 영 껄끄러웠던 것이다.

진소명이 놀란 것도 그 때문이었고.

'아차.'

서운영은 손바닥으로 이마를 찰싹 때렸다.

'이게 다 그자들 때문이야.'

평소 가지 않던 도박장을 기웃거린 것도 저녁 식사가 끝날 때까지 시간을 때우려는 것이었다.

그런데 괜한 사건이 휘말려 황급히 돌아오고 말았다.

서운영으로선 정말 바보라도 된 듯한 기분이었다.

"어쨌든 옷부터 갈아입도록 해라. 그 차림새로 여러 선배들 앞에 나서는 건 결례니까."

"진 오라버니, 저는 아무래도 이런 자리엔 어울리지 않는 것 같아요. 여러 어른들을 만나 뵙는 것도 좀 부담스럽고……."

"그렇더라도 일단 왔으니 인사는 드려야 할 것 아니냐. 손님들께서 이미 자리를 잡고 계시다. 아예 오지 않았다면 모르되, 여기까지 왔다면 얼굴이나마 비추는 것이 예의일 게다."

"……네에."

*　　*　　*

곽철이 떠나고 일각쯤 지났을 때 유화란은 객잔 밖으로 나왔다.

조금 전까지만 해도 끈덕지게 달라붙어 있던 미행은 약속이라도 한 듯 모조리 사라진 상태였다.

곽철이 그새 명령이라도 내린 모양이었다.

현월은 얼마 떨어지지 않은 골목 모퉁이에 서 있었다.

얼굴을 가리던 복면은 치워 버린 뒤였다.

그에게 다가간 그녀가 입을 열었다.

"이걸로 용건 중 한 가지는 해결한 셈이네요."

"그렇군."

"유성문은 어떻게 할 생각이죠?"

대답이 나오기까진 그리 오래 걸리지 않았다.

"지금 바로 찾아갈 생각이오."

"장원으로 곧장 가겠다는 건가요?"

"하오문처럼 건물 하나 두지 않고 있지는 않을 테니까."

"하지만 문주를 만나긴 쉽지 않을 거예요."

유성문쯤 되는 대문파의 종주를 쉽게 만날 수 있을 리 없다.

당장 현월 본인부터가 서운영과 대화할 때 그리 말하지 않았던가.

"그렇더라도 여기서 가만히 손 놓고 있는 것보단 나을 거라 생각하오."

"그거야 그렇지만……."

"내게는 시간이 없소."

현월은 초조해하고 있었다.

하기야 현무량은 지금 이 순간에도 내장이 썩어 들어가고 있을 터.

한시라도 빨리 내단을 구해야 할 터였다.

유화란으로선 그를 만류할 이유도 방법도 떠오르지 않았다.

"알겠어요."

두 사람은 유성문의 장원으로 향했다.

허창 제일문이란 소리까지 듣는 곳이었다.

그러다 보니 위치를 수소문하는 것은 그리 어렵지 않

왔다.

문제랄 게 있다면 역시 안으로 들어가는 것 자체였다.

"무슨 일이오?"

문지기의 시선엔 달갑지 않은 기색이 역력했다.

필시 하루에도 어중이떠중이가 수십 명도 더 찾아오는 까닭이리라.

유화란이 앞으로 나섰다.

"유성문의 총관님을 좀 뵐 수 있을까요? 중요한 용무가 있는데요."

대놓고 문주를 찾아왔노라 말해봐야 미친놈 소리나 들을 것이다.

반면 총관을 만나러 왔다고 말한다면 얘기가 조금 달라진다.

사무에 관한 문제로 찾아왔다는 인식을 줄 수 있는 까닭이다.

더군다나 실질적으로 문지기나 하인들을 총괄하는 자가 총관이었다.

심리적인 측면에서 압박을 줄 수도 있다.

물론 그것은 기강이 해이한 군소 방파에게나 통할 어법이었다.

유성문쯤 되는 대문파의 문지기에겐 씨알도 먹히지 않

았다.

문지기는 시큰둥하게 유화란을 응시하며 물었다.

"약속은 잡아두셨소?"

"그건 아니지만……."

"돌아가시오. 예정에 없는 이는 들이지 않는다는 게 유성문의 방침이오."

유화란의 말문이 막혔다.

그녀로서도 이 이상의 방도를 떠올릴 수는 없었다.

현월이 성큼 앞으로 나섰다.

"문주를 만나야겠소."

문지기는 이게 뭔가 하는 표정으로 현월을 보았다.

"뭐라고 했소?"

"유백신, 그자를 만나야겠다고 했소."

"허허!"

문지기가 신경질적인 웃음을 터트렸다.

"그래, 뉘시라고 전해드리면 되오리까?"

숫제 비아냥거리는 어조였다.

기실 자기네 문주의 이름을 아무렇지도 않게 내뱉은 시점에서, 현월에 대한 문지기의 태도는 적대적으로 변해 있었다.

현월은 그 사실에 개의치 않았다.

"현검문의 현월. 그렇게 전해주시오."

"미친놈!"

문지기가 대뜸 소리쳤다.

"현검문이 어디에 붙어 있는 개떡 같은 방파인지는 몰라도, 우리 문주님께선 개나 소나 함부로 만날 수 있는 그런 분이 아니시다! 그분을 만나려거든 초청장이나 약속, 둘 중 하나를 충족시켜라! 그렇지 않은 채 헛소리나 지껄인다면 치도곤으로 다스려 주마!"

유화란이 움찔해서는 현월의 눈치를 살폈다.

하지만 현월은 그다지 화가 난 얼굴이 아니었다.

현검문에 대한 비하까지 들은 마당인데도 침착하기만 한 얼굴.

사실 어찌 보면 그쪽이 더더욱 두려운 것인지도 모른다.

그때 안쪽에서부터 인기척이 났다.

"대체 무슨 일이기에 이리 소란스러우냐?"

칠 척 장신의 거한이 문밖으로 나왔다. 문지기가 눈에 띄게 움찔했다.

"구, 군 대협."

"네놈의 일갈대성이 안쪽에까지 쩌렁거리더군. 오늘 여기에 어떤 분들이 와 있는지 알고서나 설치는 것이냐?"

"주, 죽을죄를 지었습니다!"

현월 앞에서 그렇게나 뻗대던 문지기가 연신 고개를 조아렸다.

비굴하다기보다는 안쓰럽다는 느낌이 묻어났다.

현월은 여전히 침착한 태도였다.

마치 이렇게 되리라는 것을 알았다는 듯.

'저자가 오리라 예측했구나.'

내부의 기척을 앞서 읽고 있었던 것이 분명했다.

더불어 문지기의 언성이 높아지면 저자가 다가오리라는 것을 유추했을 터.

문지기가 현검문을 비하하는데도 참은 것은 그 까닭인 듯했다.

문파의 자존심보다는 아버지를 구하는 게 우선이었으니.

문지기가 다급히 변명을 쏟아냈다.

"그, 그러니까 이 작자들이 다짜고짜 문주님을 뵙겠다며 강짜를 부리는 통에……."

유화란이 어이가 없다는 표정을 지었다.

유백신을 만나겠다고 하기야 했다지만, 자기들이 언제 강짜를 부렸다는 것인가?

칠 척의 장한, 군가량의 시선이 현월에게로 향했다.

"우리 문지기의 말이 맞소?"

"유성문주를 만나고 싶다는 점 하나만은."

"귀하의 사문에 대해 알 수 있겠소?"

"현검문의 현월이오."

군가량의 눈이 이채를 발했다.

"현검문주의 장자?"

"그렇소."

"하마터면 귀인에게 결례를 범할 뻔했군."

군가량의 말에 문지기가 흠칫 놀랐다.

난생 들어본 적도 없는 방파인 줄 알았는데 군가량의 반응은 전혀 달랐던 것이다.

사실 현검문의 유명세란 여남을 벗어나기 힘든 수준이었다.

문주의 인망 같은 것보단 방파의 규모와 무위가 유명세에 일조하는 면이 컸던 까닭이다.

당장 군가량만 해도 현검문에 대해선 아는 바가 없었다.

아마 아까 전의 대화가 없었다면 무시하고 말았을 것이다.

어쨌든 지금은 아니었다.

'기가 막힌 시점이군.'

군가량은 현월의 얼굴을 위아래로 살폈다.

어미의 서신이 도착한 날에 허창에 직접 찾아오다니, 급하긴 급했던 모양이다.

'소명과 백신에게 알려야겠군.'

속으로 중얼거린 군가량이 두 사람에게 말했다.

"일단 안으로 들어오시구려. 마침 오늘이 특별한 날이었는데 잘됐소."

5장

유백신과의 대면

"현월? 현검문의 장자 말인가?"

"그렇다니까. 나도 정말 깜짝 놀랐다고."

진소명은 미간을 좁혔다. 현월 측의 생각을 측량해 보려 함이 틀림없었다.

그러나 유성문의 복룡이라는 그로서도 이해하기 힘들 따름이었다.

어지간히도 급했구나 하고 생각할 수는 있다.

하나 그렇게 생각해도 이상했다.

대체 무슨 근거가 있어 유성문이 자기를 도와주리라 생

각하고 여기까지 찾아왔단 말인가?

유백신의 마음이야 물론 현검문을 돕는 쪽으로 치우친 것 같기는 했다.

하지만 그것도 완전히 결정된 것은 아니잖은가.

'백신의 생각을 읽기라도 했나? 아니, 그럴 리는 없다.'

한 가지만은 분명해 보였다.

현월이란 자가 속내를 측정하기 까다로운 상대라는 것.

"그자는 어디 있지?"

"일단 응접실에 있으라고 해두었지. 대뜸 여기로 끌고 올 수야 없으니까."

"잘했네. 그나저나 신원 확인은 철저히 한 거겠지?"

"응?"

구가량이 두 눈을 둥그렇게 뜬 채로 껌뻑거렸다.

진소명은 백회혈 쪽으로 미약한 두통을 느꼈다.

"그자가 진짜 현검문주의 아들인지 확인해 보지도 않았다는 건가?"

"아니, 그게… 애초에 어떤 놈이 그런 작자로 위장하려 들겠어? 백신이나 우리처럼 유명한 사람도 아닌데."

"녹림맹을 홀로 궤멸시킨 사내다. 유성문의 이름에 비할 바는 아니지만 나름대로의 무명을 떨쳤다는 건 인정할 만하지. 사칭자가 아예 없으리라 생각하긴 어려워."

"흐음. 그렇더라도 사칭꾼들이 나올 정도는 아니라고 보는데."

"그 점엔 동의하지만… 어쨌든 자네는 자리로 돌아가 있게. 아무래도 내가 직접 그를 만나봐야 할 것 같군."

그때 시비 한 명이 그들에게로 다가왔다.

"문주님께서 두 분을 찾으십니다."

군가량이 진소명을 돌아봤다.

"어쩔 텐가?"

"일단은 백신에게 먼저 가봐야겠군."

"그럼 바로 가세나."

"음."

그들은 후원으로 들어섰다.

유성문의 후원은 어지간한 대저택 서너 채쯤은 들어갈 만한 크기를 자랑했다.

유성문의 뿌리라 할 수 있는 유성당의 금력을 여실히 보여주는 어마어마한 규모였다.

그렇다고 휑하니 넓기만 한 것도 아니었다.

후원 곳곳을 장식하는 석상이나 수목, 화단 등의 배치와 구도는 미학에 조예가 깊지 못한 무인들에게도 심미적 쾌감을 불러일으킬 정도였다.

한마디로 돈을 어떻게 써야 돈값 했노라고 할 수 있는지 보여준다고나 할까.

그런 후원 한가운데에서 펼쳐진 잔치판.

허창의 무림 명숙들이 거나하게 취한 채로 와자지껄하게 이야기들을 쏟아내고 있었다.

이미 홍취가 무르익은 직후인지 오가는 얘기들은 대개 시시콜콜한 것이었다.

유백신은 물론 그 중심에 있었다.

명숙들을 대하는 그의 태도엔 나이에 걸맞지 않은 노련미와 원숙미가 조화를 이루고 있었다.

또래의 무인들이 아직 치기 어린 면을 보이곤 하는 것과 무척 대조되었다.

이따금 지나치게 취한 명숙이 결례에 가까운 말을 꺼내더라도, 유백신은 능숙한 태도로 받아넘기고 있었다.

이미 한 사람의 훌륭한 문주.

그가 형제와 같은 두 사람을 발견했다.

"아, 이제들 오는군."

유백신이 웃으며 두 친구를 맞았다.

"운영 녀석이 참석했다며? 무슨 바람이 불었는지 모르겠군. 지금은 어디에 있나?"

군가량의 물음에 유백신은 어딘가를 가리켰다.

시선을 돌리니 비교적 젊은 명숙들에게 둘러싸여 있는

서운영이 보였다.

물론 비교적 젊다고는 해도 불혹을 훌쩍 넘긴 자들이다.

제법 점잖은 이야기를 꺼내더라도 미사여구를 벗겨내면 추파에 지나지 않았으니, 서운영으로선 실로 죽을 맛일 터였다.

군가량은 안쓰러움을 느끼면서도 혀를 끌끌 찼다.

"녀석, 저렇게 싫은 표정을 노골적으로 드러내서야……."

"뭐, 제 팔자려니 해야지."

피식 웃은 유백신이 말했다.

"그래, 무슨 얘기를 하느라 이리 늦었나?"

진소명이 가까이 다가가 귀엣말을 했다.

"현검문주의 아들이 와 있네."

"음?"

유백신이 의아한 눈으로 진소명을 돌아봤다.

"지금 내가 잘못 들은 건 아니겠지?"

"뭐라고 들었나?"

"현월, 그자가 와 있다고 들었네만."

"제대로 들었네."

유백신의 눈이 이채를 발했다.

"정말인가?"

"아직 신원 확인은 하지 않았네. 나 역시 가량에게서 전해 들었어."

"가량에게?"

"대문 앞에서 실랑이하는 것을 발견한 모양이더군."

진소명은 군가량에게서 들었던 얘기를 간략히 설명했다. 유백신은 매끄러운 턱을 쓰다듬으며 중얼거렸다.

"놀랍군. 현검문주의 아내가 보낸 서신은 표국에 의뢰를 한 속달(速達)이었네. 전서구를 제외한다면 가장 빠른 수단이지. 여남과의 거리를 가늠한다면 아마 길어봐야 닷새 이상이 걸리지 않았을 걸세."

"그럴 테지."

"그렇다는 건 서신을 보내고 얼마 지나지 않아 집을 떠났다는 건데."

유백신조차도 현월이 설마 한나절 만에 이곳까지 왔으리라고는 생각하지 못했다.

중얼거리던 유백신이 피식 웃었다.

"모전자전인가. 아버지를 위한 노력이 지극정성이로군."

약간은 냉소적인 인상이 담긴 한마디였다.

평소의 유백신을 아는 이라면 의아해할 반응이었으나, 그의 사정을 아는 진소명은 어떤 감정도 드러내지 않았다.

"그래, 그자는 어디에 있지?"

"응접실에 있다더군."

"소명, 자네가 신원 확인을 해본 후에 이리로 데려와 주게. 아무래도 그 편이 가장 낫겠군."

"그러지."

진소명이 곧장 자리에서 일어났다.

* * *

유성문의 화려함은 응접실에서도 여전했다.

벽에 걸린 갖가지 도화(圖畵)들과 해동에서 건너온 것으로 보이는 청자들이 앞다투어 자기네 멋을 뽐내고 있었다.

보통 사람이라면 이곳에서 숨 쉰다는 것만으로도 주눅이 들 것 같은 장소. 초장부터 사람 기를 죽이겠다는 것일까?

물론 현월이나 유화란이 그런 것에 기가 죽을 사람들은 아니었지만.

문밖에서 인기척이 났다.

안으로 들어서는 이는 옥면공자란 말의 화신처럼 보이는 사내였다.

공기조차 값비싸 보이는 이곳 유성문과 참으로 어울리는 얼굴, 여성이라면 누구라도 시선이 한 번쯤은 가고 말 미청년이었다.

수수한 복색마저 그의 옥면을 더욱 돋보이게 해주고 있었다.

이질적인 점이라면 많은 것을 숨기고 있는 듯한 표정 정도일까.

문득 유화란에게 시선을 돌린 현월은 그녀가 미간을 살짝 찌푸리고 있는 것을 보았다.

'구면인 모양이군.'

그때 사내가 포권지례를 취했다.

"유성문의 진소명이라 합니다. 저를 찾으셨다고요."

아무래도 그가 유성문의 총관인 모양.

아까 전 유화란이 아무렇게나 던진 말이 그대로 흘러들어 간 듯했다.

현월도 마주 예를 취했다.

"현검문의 현월이오."

"현 소협이셨군요. 녹림맹을 궤멸시켰다는 무용에 대해서는 여러 차례 들었습니다. 하남성의 수많은 세민을 대신하여 감사 말씀을 드리고 싶습니다."

현월은 내심 쓴웃음을 지었다.

마음만 먹으면 녹림맹쯤은 몇 번이고 뒤집어엎을 수 있는 유성문 사람이 저리 말한다는 게 우습기만 했다.

하기야 저들이라면 필경 녹림맹 배후에 있는 무림맹의

존재를 알고 있었을 테지.

문파의 무명을 떨칠 기회를 놓친 것은 아마도 그런 연유가 있기 때문일 것이다.

여하간 마음에 드는 자는 아니었다.

속내를 짐작하기 어렵다는 점과 생각이 많아 보인다는 점에서 특히나.

대개 그런 이들이 생각 없는 강자들보다 까다롭다는 것을 현월은 잘 알고 있었다.

"그리고……."

진소명의 시선이 유화란을 훑었다.

그의 표정이 미묘하게 변하는 것을 현월은 놓치지 않았다.

"익숙한 얼굴을 여기서 뵙는군요."

"그러게요."

대꾸하는 유화란의 어조는 딱딱했다.

"스승님의 일은 안 되었습니다, 유 소저."

"……."

이번엔 대꾸조차 하지 않는 유화란이었다.

상당한 결례.

그럼에도 불구하고 진소명은 표정을 구기지 않았다.

마치 이해한다는 듯한 태도였다.

두 가지는 확실해 보였다.

그가 사룡방의 사정을 알고 있다는 것.

과거에 두 사람이 꽤나 밀접한 관계였다는 것.

진소명이 현월에게로 시선을 돌렸다.

"그럼, 무슨 일로 유성문을 방문하셨는지 알 수 있을는지요?"

이 역시 이미 알고 있으면서 확인 차 물어보는 느낌이었다.

현월은 개의치 않고서 사실대로 말하기로 했다.

"최고급 내단을 구하는 데에 도움을 받을 수 있을까 싶어 찾아왔소."

"최고급 내단이라면?"

"백령단이나 금환단에 준하는 내단이 필요하오. 하남성 내에서 그것을 융통할 수 있는 문파로는 유성문이 유일하다더군."

진소명은 내심 쓴웃음을 지었다.

이자는 순진한 것인가, 아니면 모략에 뛰어난 것인가.

삼류 문파의 우두머리조차 이런 식으로 나오진 않을 것이다.

속내를 감추고 상대를 읽어내는 것은 정략(政略)의 기본.

하물며 교섭을 하는 입장이라면 말할 것도 없다.

'그것이 정상이거늘······.'

현월이란 사내는 지나칠 정도로 직선적이었다.

그 단순함이 지모가 모자란 까닭인지 자신감이 충만한 까닭인지는 알 수 없었지만.

다만 그 정체가 진짜라는 데엔 의심의 여지가 없어졌다.

유화란과 함께 왔다는 것을 확인한 이상은.

'그녀가 얼치기 가짜 따위와 함께 왔을 리는 없으니.'

듣자 하니 사룡방을 궤멸시킨 건 은호방이요, 그 복수를 한 것은 현검문이라 했다.

유화란이 현월과 함께 방문했다는 것은 그 사실을 뒷받침하는 증거였다.

더불어 현월의 신원을 보증하는 증거이기도 했고.

진소명은 우선 현월의 어법에 맞춰주기로 했다.

"두 내단 모두 일성을 뒤져야 한두 개를 찾을 수 있을까 말까 하다는 지고의 비보들이라는 건 아시리라 믿습니다."

"찾아만 준다면 그에 상응하는 대가는 치르겠소."

현검문 따위가?

그 말이 입속을 맴돌았지만 진소명은 애써 참았다.

유백신이 내다본 것과 마찬가지로, 현검문은 널리고 널린 군소 방파들과는 달랐다.

"현 소협의 배포는 들은 것 이상이로군요."

"이해하오."

기묘한 대답이다.

진소명이 의아한 눈으로 쳐다보려니, 현월은 웃음기조차 없는 얼굴로 말을 이었다.

"일개 군소 방파에서 밑도 끝도 없는 허풍을 친다고 생각할 만하지. 하지만 내 말은 허풍이 아니오. 최고급 내단을 구해만 준다면 그에 상응하는 대가를 유성문에 건네줄 수 있소."

"……."

생각을 읽혔다. 예상과 달리 그렇게까지 단순한 작자는 아니라는 뜻.

동요를 가라앉힌 진소명이 말했다.

"아무래도 제 임의로 결정할 문제는 아닌 듯하군요. 문주께 말씀을 올려야 할 것 같습니다."

"문주를 만나볼 수 있겠소?"

"당장은 어렵습니다. 오늘은 특별한 연회가 있는 날이니까요."

"연회?"

"허창의 여러 선배들을 모시고 벌이는 연회입니다. 백도 무림의 화합을 꾀하고자 문주께서 제창한 생각이지요."

"언제쯤 끝나겠소?"

"이곳에 묵고 계시면 며칠 내로 대답을 들으실 수 있을 겁니다."

"묵을 생각은 없소. 대답 정도라면 오늘 내로 들을 수 있을 거라 생각하오만."

진소명이 미간을 살짝 찡그렸다.

백령단급의 내단이 필요할 정도라면 정말 한시를 다투는 일일 게다.

그렇다지만 역시 그만한 가치가 걸린 일이기에, 한달음에 마구 결정할 수도 없는 노릇 아닌가.

그럼에도 현월은 빠른 대답을 바라고 있다.

천하의 유성문을 상대로.

자신감도 이 정도면 지나치다 못해 과잉 상태다.

진소명의 성격이 다혈질이었던들 당장에 치도곤을 놓았으리라.

물론 그런 성격이 아니기에 그가 복룡으로 불리는 것이었지만.

"잠시만 기다려 주십시오. 문주께 일단은 말씀을 올리겠습니다."

"미안하지만 오래는 못 기다리오."

"그게 무슨 뜻인지요?"

"문자 그대로의 의미요."

늦어진다 싶으면 다른 수라도 강구하겠다는 건가?

무례에 가까운 발언이건만 정작 발언한 현월은 담담한 표정이었다.

정녕 그만한 능력이 따른다거나, 머리가 살짝 돈 놈이거나.

어느 쪽이 됐든 오래 상대하고픈 마음은 들지 않았다.

* * *

"그랬단 말이지?"

유백신은 흥미롭다는 듯 웃었다.

반면 군가량은 얼굴이 시뻘게져선 언성을 높이고 있었다.

"이제 보니 완전 미친놈이 따로 없군! 내 당장 가서 그 자식의 버릇을 고쳐 놓겠네!"

그새 감로주 몇 병을 비운 듯 군가량의 목소리에서 끈끈한 술기운이 퍼져 나왔다.

진소명은 당장 뛰쳐나가려는 그의 몸을 애써 눌러 앉혔다.

현월이 마음에 안 드는 건 그도 마찬가지였지만 초상을 치를 필요까진 없었다.

"어쩌겠나? 명령만 한다면 정중히 내보낼 수 있네만."

무력으로 내쫓겠다는 소리였다.

"자네도 그자가 마음에 들지 않나 보군."

"건방진 놈이잖나!"

군가량의 외침에 한숨을 쉬면서도 진소명은 부정하지 않았다.

"속내를 읽기 힘든 자였네. 진실만 말하는 것 같아서 더더욱."

"기묘하군."

"사룡방주의 제자가 그와 함께 있었네."

"여남제일화 말인가?"

"그래."

"하! 자네의 마음이 퍽 심란했겠군!"

또다시 눈치 없이 끼어드는 군가량이었다. 진소명은 진지하게 그를 때려눕혀 버릴까 생각했다.

물론 수많은 무림 명숙의 앞에서 그럴 수야 없는 노릇이었지만.

턱을 매만지던 유백신이 말했다.

"그들을 불러오게."

"이곳으로 말인가?"

진소명은 탐탁찮은 표정이었다.

"재미있을 것 같지 않나? 자네에게 했던 말을 이곳에서도 똑같이 할 수 있을지 궁금해지는군."

"부를 거라면 연회가 끝난 다음이 낫지 않겠나? 괜히 여기서 말썽이라도 생긴다면……."

"오래 걸렸다간 또 다른 말썽이 생길지도 모르지. 기왕 생길 거라면 볼 수 있는 곳에서 생기는 편이 대처하기에도 좋아."

"그거야 그렇지만."

"그자가 정녕 내게 도움이 될 수 있는지도 확인해 봐야겠어."

"자네의 생각이 그렇다면."

진소명은 시비에게 두 사람을 불러오도록 지시했다.

때마침 명숙들에게서 풀려난 서운영이 그들 쪽으로 다가왔다.

그녀는 차륜전이라도 치른 양 핼쑥해진 표정이었다.

"괜찮으냐?"

유백신이 빙긋 웃으며 물으니 서운영은 대뜸 고개부터 저었다.

"죽을 것 같아요."

"너무 큰 소리로 말하진 말거라."

"괜찮아요. 저렇게들 취해서야 욕지거리를 듣더라도 무

슨 소린지 알아먹지 못할 텐데."

그녀가 급히 주의를 환기시켰다.

"그런데, 무슨 말씀들을 그렇게 하고 계셨어요?"

"건방진 놈의 얘기를 하고 있었지!"

군가량의 외침에 그녀가 재차 물었다.

"누구 얘기인데요?"

"현검문주의 아들."

"그자가 왜요?"

"지금 이곳에 와 있다."

"혼자서요?"

"아니, 여인 한 명과 함께."

진소명의 대답에 서운영의 얼굴이 살짝 일그러졌다.

"설마 그 여자, 매화가 수놓인 백색 무복을 입고 있지 않던가요?"

"만나보았더냐?"

서운영은 대답 대신 입술을 깨물었다.

설마 그 작자들이 이곳을 찾아왔을 줄이야.

더군다나 얘기로 보아선 내쫓기지도 않은 모양이었다.

그때 후원의 입구 쪽에서 시비가 돌아오는 게 보였다.

그녀의 뒤를 따르는 두 명의 남녀도.

"저들인가?"

"저들이네."

유백신의 물음에 진소명이 대답했다.

군가량이 눈빛을 빛냈고, 서운영은 미간을 구겼다.

잔치판 자체엔 변화가 없었다.

일개 시비를 뒤따르는 두 사람에게 주의를 둘 사람은 아무도 없었다.

이따금 몇 명만이 유화란의 미색에 이끌려 시선을 돌릴 따름.

군가량과 서운영의 반응은 실로 열렬했지만.

"말만 하게, 백신. 내가 놈의 버릇을 고쳐 놓을 테니."

"저자들이 왜 여기에 와 있는 거죠?"

진소명은 내심 놀랐다.

군가량이야 그렇다 쳐도 서운영은 왜 저리 열을 낸단 말인가?

그가 모르는 일이 있긴 있었던 모양이었다.

그 와중에도 유백신은 말이 없었다.

다혈질인 군가량도 그의 명령이 없다 보니 내키는 대로 나서지는 못했다.

현월과 유화란이 걸음을 멈췄다.

유백신과는 삼 장쯤 되는 거리.

대화를 나누기엔 조금 멀었으나 어느 쪽도 이 정도 거리에 구애되지는 않는 자들이었다.

"처음 뵙는군. 유성문의 유백신이라 하오."

유백신의 목소리가 왁자지껄한 소음을 뚫고서 다가왔다. 제법 중후한 내공이 실린 음성.

그의 내력이 상당히 정순하다는 것을 느낄 수 있었다.

"현검문의 현월이오. 대강의 설명은 총관께 들어 알고 계시리라 믿소."

"현 소협에 대한 풍문 역시 제법 들어 알고 있소이다. 그나저나 아버님의 일은 무척 유감이오."

"내단을 구해주시겠소?"

다짜고짜 본론이다.

군가량이 이를 뿌득 갈았고 진소명과 서운영도 표정을 굳혔다.

반면 유백신은 여유로웠다.

"아시겠지만 백령단이나 금환단에 비할 단약을 구한다는 게 말처럼 쉬운 일은 아니외다."

"그것을 알기에 유성문을 찾아온 것이오. 금력과 영향력에 관해서는 소림에 비해서도 처지지 않는다고 들었기에."

"세간의 평가는 항시 과장된 면이 있게 마련이지요. 소림에 버금간다는 말씀은 영광이긴 하나 부담스럽기도 하군."

"그건 아무래도 힘들겠다는 뜻이오?"

쾅!

기다란 탁상이 쪼개지며 식기와 음식들이 한가운데로 미끄러졌다.

고급 식기들이 부딪쳐 깨지면서 요란한 소리를 냈다.

군가량이 주먹을 들어올렸다.

걸쭉한 액체가 주먹에서 뚝뚝 떨어지는데, 시커먼 빛을 보니 닭구이 양념인 듯했다.

사방의 시선이 삽시간에 집중됐다.

진소명이 나직이 한숨을 뱉었지만 유백신은 그 와중에도 동요하지 않았다.

마치 어느 정도 예상했다는 듯.

"보자보자 하니 말본새가 방자하기 짝이 없군. 무명소졸 따위가 감히 대유성문의 주인 앞에서 그 무슨 무례더냐!"

후원을 쩌렁쩌렁 울리는 고함이었다.

내력까지 어느 정도 실려 있는 외침이었고, 그 때문에 근처에 있던 시비들의 얼굴빛이 대번에 파리해졌다.

현월이나 유화란에겐 그저 시끄러운 소음에 지나지 않았지만.

"딱히 유성문주에게 결례를 범하지는 않은 것 같소만."

"결례를 범하지 않았다고? 백신더러 감 놔라 배 놔라 하던 놈이 누구인데!"

"일방적으로 받기만 하겠다는 게 아닌데 무슨 상관이오?"

"네깟 놈이 유성문을 위해 해줄 수 있는 일이 대체 뭐라고?"

"무인이 타인에게 해줄 수 있는 일이라면 뻔한 것 아니오?"

현월은 유백신을 돌아봤다.

할 얘기는 다 했으니 네가 결정할 차례라는 듯.

군가량의 얼굴이 한층 붉어졌다.

안 그래도 노기가 뻗친 상태인데 무시당했다는 생각까지 겹쳐지니 도저히 참을 수가 없었다.

유백신은 두 손을 깍지 낀 채로 물었다.

"그 말씀은, 현 소협의 무위를 유성문에 빌려주겠다는 의미요?"

"그렇소."

신경질적인 웃음소리가 좌중에서 터져 나왔다.

대화에 집중하고 있던 무림 명숙들이 내뱉은 비웃음이었다.

"별 웃기는 놈을 다 보겠군. 천하의 유성문에 힘을 빌려주겠다고? 하룻강아지가 대호를 걱정해 주는 격이로군!"

"저런 자가 우리 문파를 방문했다면 팔다리를 분질러 놓

앉을 게요."

"유성문주도 씀씀이가 너무 곱군. 저런 자의 허언을 계속
들어주고만 있으니."

"군 대협의 분노가 이해가 가오."

유화란은 미간을 찡그렸다.

나름 명숙이라 불리는 자들이 되는 대로 지껄여 대고 있
었다.

당사자가 아닌 그녀로서도 참기 힘들 만큼 노골적인 독
설을.

정작 당사자인 현월은 들은 척도 않고 있으니, 약간이지
만 답답하기까지 했다.

'들리지 않는 것도 아닐 텐데.'

현월의 실력이라면 이들 모두를 일순에 닥치게 만들 수
있을 것이다.

물론 한순간의 치기로 손에 든 패를 모두 내보일 수야 없
는 노릇이지만, 지금 같은 상황이라면 오히려 그 편이 나을
터였다.

본신의 무위가 어느 정도인지를 보여줘야 유백신의 마음
도 움직일 수 있을 테니까.

한데 현월에겐 그럴 마음이 없어 보였다.

유백신이 돌연 자리에서 일어났다.

나오는 대로 떠들던 명숙들이 한순간에 잠잠해졌다.

좌중의 시선과 신경이 온통 한 사람에게로 집중되었다.

그의 입이 천천히 열렸다.

"이 유백신이 선언하리다. 모든 노력을 다하여 현검문을 돕겠노라고."

"허어!"

"저런!"

기묘한 탄성들이 좌중에서 터져 나왔다.

어느 누구도 이런 반응을 예상하지 못했던 까닭이다.

말 한마디면 뛰쳐나갈 태세이던 군가량도 맥이 빠진 얼굴을 했다.

그 와중에도 굳은 표정을 유지하고 있는 건 진소명과 현월뿐이었다.

"오늘은 허창 무림이 새로이 재편될 기념비적인 날입니다. 이런 경사스러운 날에, 여러 선배 앞에서 소란을 일으키고 싶지는 않습니다."

유백신은 좌중을 천천히 돌아보았다.

"현검문은 비록 군소 방파 중 하나이나, 그곳의 문주 현무량 공의 인덕과 의협심은 하남성 전역에 정평이 나 있습니다. 또한 여러 선배께서 아시다시피 천중산의 녹림도 무리를 단죄한 것도 현검문의 공이니, 하남성의 협사들은 현검문에 나름의 빚을 지고 있다고 생각합니다. 그리고 그것은 이 유백신 역시 마찬가지입니다."

그의 시선이 현월을 훑었다.

"현 소협께서는 아버지의 병환을 치료하기 위해 이곳 허창까지 찾아왔습니다. 이 역시 갸륵한 마음씨 아니겠습니까? 그에 나 유백신은 이렇게 대답하겠습니다. 일문의 종주이기에 앞서 한 사람의 협사로서, 어떤 대가 없이도 현검문을 돕기 위해 최선을 다하겠다고 말입니다."

우레와 같은 박수갈채가 쏟아져 나왔다.

교묘한 언변이었다.

몇 마디의 말로써 현월은 아버지를 위해 이곳까지 내달려온 얼치기가 되었고, 유백신은 그런 자조차 포용하는 대인이 되어 있었다.

명숙들의 입장에서야 아무래도 좋은 일이었다.

내단을 구하는 것은 어디까지나 유성문일 뿐, 그들로서는 손해를 볼 것도 없었으니까.

현월이 보인 딱딱한 태도 역시 자연히 이해되었다.

일개 군소 방파의 애송이인 데다 아버지의 목숨까지 경각에 달했으니 저렇게 나올 만도 하다고 생각되었던 것이다.

유백신이 빈 잔을 내밀었다. 눈치 빠른 시비가 술을 채워

넣었다.

"현검문주의 쾌차를 빌며, 또한 오늘 새로이 발족될 허창 연맹의 건승을 빌며! 여러 선배님과 건배를 들고 싶습니다."

명숙들이 웃음을 터트리며 잔을 들어 올렸다.

현월과 유화란, 심지어 군가량과 서운영 역시도 어느새 곁다리로 밀려나 있었다.

실로 교묘한 언변과 장악력이었다.

"허창 연맹의 건승을!"

"허창 연맹의 건승을!"

왁자지껄한 외침들이 후원을 가득 메웠다.

6장

귀환

"이렇게 되리라는 거, 알고 있었어요?"

현월은 고개를 저었다.

"그럼 어쩔 생각이었는데요?"

"유성문주의 반응에 따를 생각이었소. 그 장한이 덤벼들거라 생각했으니까."

유화란은 고개를 끄덕였다. 기실 그녀 역시 같은 생각이었던 것이다.

하지만 유백신은 실리를 취했다.

아마 며칠 내로 얼치기 무인마저 포용해 준 유성문주에

대한 상찬이 거리를 가득 메울 테지.

그곳이 허창 연맹이 발족하는 자리라는 것은 차후에나 알 수 있었다.

그런 면을 생각해 보면 유백신은 최선의 수를 택한 셈이다.

'문제는 무림맹이 이것을 좌시할까 하는 점인데.'

흑도 무인인 유화란으로서는 백도 무림의 세력 구도에 대해선 정통하지 못하다.

그래도 무림맹이 언제나 중심에 있다는 것만은 알고 있었다.

유성문이 중심이 된 허창 연맹은 자칫 이 구도에 반기를 드는 것으로 비칠 수 있지 않을까?

물론 유백신쯤 되는 자가 그것을 모를 리는 없겠지만 말이다.

그때 응접실의 문이 벌컥 열렸다.

안으로 들어서는 이는 서운영이었다.

"또 만나는군요."

그녀의 목소리에서 냉기가 풀풀 흘렀다.

"따라오세요. 군 오라버니께서 기다려요."

"유성문주가 아니라 말이오?"

"유 오라버니께서 그리 한가한 줄 아세요? 두 사람을 호출한 사람은 유성문의 외당원주인 군가량 오라버니세요."

"그렇다면 굳이 만날 필요는 없겠군. 이만 돌아가 보겠소."

현월이 대뜸 자리에서 일어났다.

다시 한 번 유백신을 만나 의중을 알아볼 마음에 기다렸던 것뿐, 이런 데서 시간을 더 낭비할 생각은 없었다.

어찌 됐든 내단을 구해주겠다는 약속은 받아낸 셈이었으니.

적당히 이용도 당해준 만큼 죄책감이나 부채감은 전혀 없었다.

다른 이들의 생각이야 그렇지 않겠지만.

"지금 뭐하는 짓이죠?"

"떠나려는 거요. 유성문주에게는 고맙다고 전해주시오."

"군 오라버니가 무섭기라도 한가 보죠?"

수준 낮은 도발이다.

현월은 어깨만 으쓱이고는 문 쪽으로 걸어갔다.

서운영이 급히 그를 가로막았다.

"연회를 망쳐 놓고 그냥 내빼겠다는 건가요?"

"내 기억으로 연회는 성공리에 끝난 걸로 알고 있소만."

"그거야 유 오라버니께서 잘 수습하신 덕분이죠!"

풋내기는 오히려 이쪽이 아닌가.

현월 뒤에 있던 유화란이 작게 한숨을 쉬었다.

그것이 서운영을 다시금 자극했다.

오기가 생긴 그녀가 문에 등을 기대고는 뻗댔다.

"군 오라버니를 만나기 전엔 못 가요."

현월은 나오려는 한숨을 애써 삼켰다.

이런 어린애와 실랑이를 한들 무슨 의미가 있을까.

물론 실제 나이야 크게 차이가 나지 않을 것이다.

그래도 외관보다 이십 년은 더 살아온 현월에게 있어 서운영이나 유화란 또래의 여자들은 어린애로밖엔 비치지 않았다.

"그자는 왜 날 찾는 거요?"

"당신이 결례를 범했으니까요. 버릇을 고쳐 놓겠다며 화가 단단히 나 있어요."

서운영의 얼굴에 비웃음이 스쳤다.

"그러니 군 오라버니를 만나면 사죄부터 올리는 게 좋을 거예요."

"……그는 지금 어디에 있소?"

"흥. 무섭긴 한가 보군요. 따라와요."

서운영이 몸을 돌리며 문을 열었다.

그 순간 현월은 그대로 손을 뻗어 그녀의 마혈을 짚어버렸다.

예상치 못한 기습에 서운영은 손끝조차 까딱하지 못하고 당해 버렸다.

현월은 쓰러지는 그녀를 받아 바닥에 눕혔다.

"……!"

서운영이 경악한 눈으로 현월을 쳐다봤다.

약간의 공포심과 상당량의 적개심이 섞여 있는 시선.

현월은 그것을 무시한 채 유화란을 돌아봤다.

"갑시다. 더 이상 이곳에 남은 용건은 없으니."

"괜찮겠어요? 이대로 훌쩍 떠나면 문제가 될지도 모르는데."

"유성문주는 생각이 깊은 자 같으니 사소한 일을 문제 삼지는 않을 거요."

유화란도 더 반론하진 않았다.

그녀 역시 한시라도 빨리 이곳을 떠나고픈 마음이었다.

현월이 걸음을 떼었다.

그 뒤를 따르려던 유화란이 힐끔 서운영을 돌아봤다.

"철 좀 드는 게 좋겠어요."

"……!"

서운영의 뜨거운 시선을 흘려 넘기며 방을 나서는 유화란이었다.

그리고 이내 멈출 수밖에 없었다.

방 바깥의 복도에 진소명이 서 있었던 것이다.

현월은 그와 대치한 상태였다.

시선은 진소명의 오른손에 고정되어 있었다.

정확히는 그의 손에 들린 목함에.

그 안에 무엇이 있을지 유추하는 것은 그리 어려운 일이 아니었다.

"이미 가지고 있었나 보군."

"유비무환이야말로 유성당이 제일로 내거는 기치였으니까요. 문주께서는 그대들에게 이것을 바로 가져다주라고 했습니다."

"하지만 총관의 생각은 달랐나 보군."

"맨입으로 주기엔 너무나 아까운 보물이니까 말입니다."

"맨입이라고 생각하진 않소만."

유백신은 현월을 치기 어린 애송이로 만듦으로써 자신의 명성을 드높였다.

물론 최고급 내단의 가치에 비할 바는 아니겠지만, 현검문에 빚을 만들어뒀다는 점에서 나름의 효용은 있을 터였다.

진소명은 그 부분에 대해선 언급을 회피했다.

그저 시선을 돌려 유화란 쪽을 응시할 따름이었다.

"운영은 어찌 했습니까?"

"마혈을 짚어두었소."

"풀어주십시오."

한숨을 쉰 유화란이 안쪽으로 들어가 서운영의 마혈을
풀었다.

서운영은 몸이 자유로워지자마자 유화란을 향해 손날을
올려쳤다.

흠칫 놀란 유화란이 급히 뒤로 몸을 뺐다.

"용서 못해!"

"운영!"

진소명의 외침에 서운영이 움찔했다.

하지만 이내 억울한 듯 소리쳤다.

"오라버니! 저들이 절 기습했다고요!"

"가만히 있어라! 일을 더 크게 만들지 말고."

"하지만……."

"나 역시 이들을 그냥 보낼 생각은 없다."

그렇게까지 말하니 서운영도 싸움을 멈췄다.

겨우 상황이 진정되자 진소명이 현월에게 말했다.

"문주의 뜻이기도 하니 목함은 드리겠습니다. 대신 한 가
지 조건이 있습니다."

"문주의 뜻이라 말하면서 조건을 달겠다는 거요?"

"받아들인다면 이 일과 관련해서 다시는 걸고넘어질 일

이 없을 겁니다."

"좋소. 그 조건이란 건 필시 외당원주라는 자와 관련되어
있겠지?"

"그렇습니다."

현월은 고개를 끄덕였다. 안내하라는 태도.

진소명이 몸을 돌려 비무장 쪽으로 걸어갔다.

유성문의 비무장은 실로 거대했다.

현검문의 그것에 비하면 못해도 다섯 배 이상은 될 듯했
는데, 진소명은 그중 가장 거대한 비무대 쪽으로 걸어갔다.

그곳에 군가량이 있었다.

취기를 모두 몰아낸 듯한 모습이었다.

그렇더라도 원래 피부색이 적갈색인지라 큰 차이는 없어
보였지만.

현월이 비무대로 오르니 대뜸 그가 입을 열었다.

"설마 그냥 달아날 생각은 아니었겠지?"

"글쎄."

시큰둥한 대답이었다.

코웃음을 친 군가량이 바로 옆, 바닥에 꽂혀 있던 대도를
뽑아 들었다.

"무기가 필요한가?"

현월은 대답 대신 진소명을 돌아봤다.

그의 시선을 받은 진소명이 말했다.

"무기라면 벽에 걸려 있는 것 중 마음에 드는 것을 쓰면 됩니다. 가량의 대도 역시 같은 재질이니 질 차이를 걱정할 필요는 없습니다."

"그것을 물으려는 게 아니오."

"그렇다면?"

"유성문의 외당원주를 쓰러트리더라도 차후에 문제 삼지 않겠다는 약조를 받아야겠소."

진소명의 미간이 움찔했다.

당사자인 군가량은 얼굴을 팍 구겼다.

"걱정하지 마라. 그런 일은 일어나지 않을 테니!"

살기 어린 외침에도 현월은 요지부동이었다.

군가량이 분노해 몸을 떨었으나 차마 그대로 기습하지는 못했다.

그것만큼은 자존심이 용납하지 않았던 것이다.

차가운 눈으로 현월을 노려보던 진소명이 말했다.

"유성문 총관의 직위를 걸고 맹세하지요. 현 소협이 가량을 쓰러트리더라도 보복은 없을 것입니다."

"알겠소."

"현 소협이야말로 각오하는 편이 좋을 겁니다. 팔다리가 부러진들 내단이나 약을 내주지는 않을 터이니."

"상관없소."

현월이 군가량에게로 시선을 돌렸다.

군가량의 큼직한 체구에서 질릴 정도의 투기가 흘러나왔
다.

"유언은 끝이냐? 그럼 어서 무기를 골라라. 알량한 목숨
이나마 연명하려거든."

"이대로 싸우겠소."

군가량의 눈자위에 핏발이 섰다.

"명을 재촉하는구나!"

그의 거구가 허공을 갈랐다.

장대한 체구에 비해 놀랄 만큼 빠른 움직임.

군가량은 삽시간에 삼 장 거리를 좁혀 현월의 코앞까지
치고 들어갔다.

아래에서부터 위로 치고 올라오는, 칼날만 삼 척 길이의
장도.

멍하니 있다간 그대로 일도양단을 당할 판이다.

현월은 좌측으로 신형을 날렸다.

반보 차이로 도격을 피했는데, 군가량은 이를 예상했던
듯 허리를 틀어 진각을 뻗었다.

곧추세운 발끝이 현월의 옆구리로 쇄도했다.

자칫하면 그대로 척추가 부러질 판. 지켜보는 이들의 머릿속에 현월의 허리가 박살 나는 모습이 그려지는 듯했다.

그 순간, 현월은 찰나지간에 무릎을 쳐 올려서 군가량의 정강이를 격타했다.

빠악!

뼈와 뼈가 거죽을 뚫듯이 충돌하는 무시무시한 소음.

둘의 신형이 한 걸음씩 뒤로 물러났다.

"으음."

군가량이 침음성을 흘렸다.

비슷한 위력이었다면 아무래도 정강이 쪽의 고통이 더 클 수밖에 없었다.

현월 역시 이채를 띤 눈으로 군가량을 보았다.

정강이를 부러트릴 각오로 차 올렸던 것인데, 약간의 타격만 주는 게 전부였나 보다.

'제법 강하군.'

일격을 주고받았을 뿐이지만 그의 대략적인 실력은 파악이 되었다.

못해도 은호방주 정도는 가벼이 웃도는 실력.

여남이었다면 어렵잖게 세 손가락 안에 들었을 것이다.

"탓!"

군가량이 내쳐 좌수일권을 뻗었다.

유성십팔박이라 명명한 열여덟 종류의 기예 중 하나인 섬열권.

강맹한 기운에 주먹에서 폭사된 순간 사방의 공기가 뜨겁게 달아올랐다.

직격당하면 찰상과 화상을 동시에 입을 터.

현월은 곧장 거리를 벌림과 동시에 소혼장으로 허공을 격했다.

공간을 뒤흔들고 나아간 파장이 군가량의 복부로 쇄도했다.

군가량은 급히 섬열권으로 허공을 때려 소혼장의 파장을 상쇄시켰다.

파르르륵!

순간적으로 둘 사이의 공간이 기묘한 진동을 일으켰다.

비무장 바닥에 깔린 석판들이 쩌저적 갈라져 나갔다.

"흐읍!"

호흡을 짧게 끊으며 군가량이 쇄도했다.

우수로는 장도를 휘두르는 동시에 좌수로는 칼등을 후려쳐 섬열권의 묘리를 도신으로 옮겼다.

결과적으로 푸른빛으로 타오르는 화염 같은 검기가 폭사되었다.

현월의 눈매가 좁혀졌다.

막대한 자금력을 통해 탄생한 유성문의 무예는 그 배경 만큼이나 특이한 묘리를 지닌 듯했다.

'하나 결국은 눈속임일 뿐.'

내력을 치환하여 열기를 만들고 화염을 폭사시킨다 하여도 결국 그 정수는 체내의 내공이다.

똑같은 내공으로 부수고 흩어내지 못할 바는 아니었다.

현월은 주먹을 그러쥐고는 허공을 후려쳤다.

암천비류공과 연계되는 권공인 흑뢰권(黑雷拳)의 일 초였다.

질풍처럼 휘감겨 나온 흑색 기운이 한데 뭉치는가 싶더니 군가량의 검기와 충돌했다.

일순 어우러지는가 싶던 두 기운이 폭발하며 사방으로 풍압을 뿌렸다.

그 서슬에 군가량의 장도가 뎅겅 부러졌다.

흠칫 놀란 군가량이 이를 갈며 자루를 내던졌다.

"이제 시작일 뿐이다!"

칼날 같은 고함이 들려온 것은 그때였다.

"이게 무슨 일인가!"

비무장이 쩌렁쩌렁 울렸다.

별안간 들려온 고성에 모두의 시선이 한데 쏠렸다.

유백신이 비무장으로 들어서고 있었다.

급히 몸을 날려 비무대로 오른 그가 매서운 눈으로 유성 삼협을 쏘아봤다.

"현 소협은 유성문의 손님이고 나의 손님이거늘, 이게 대체 무슨 결례란 말인가!"

"백신⋯⋯."

"가량! 이번 일은 아무리 자네라 해도 그냥 넘어갈 수 없네."

유백신의 두 눈이 활활 타오르고 있었다.

조금 전까지만 해도 굶주린 사냥개처럼 미쳐 날뛰던 군가량이 찔끔하여 고개를 숙였다.

"미, 미안하네."

"사과는 내게 할 것이 아니라고 보네만."

군가량은 간담을 핥는다는 심정으로 현월에게 고개를 숙였다.

"내가 흥분한 탓에 생각이 짧았던 것 같소. 결례를 용서해 주시오."

현월은 대답 없이 유백신을 돌아봤다.

이것은 대체 무슨 의도일까.

유백신은 담담히 고개를 숙이고 들어왔다.

"외당원주의 잘못은 곧 문주의 잘못. 이 유백신이 현 소협께 사죄하는 바요."

"······아니, 그러실 필요까지는 없소."

얼추 깔끔하게 상황이 정리되었다.

그야말로 찰나지간에.

그사이 유성삼협의 얼굴은 흙빛이 되어 있었다.

유백신은 그들을 내버려둔 채 현월에게 말하고 있었다.

"가능하다면 주연을 베풀어 정식으로 사과하고 싶소
만······."

"고마운 얘기지만 사양하겠소. 한시라도 빨리 돌아가 봐
야 할 것 같으니."

"그럴 거라 생각했소. 현검문주의 쾌차를 빌겠소."

"그 말씀, 아버지께도 꼭 전해 드리겠소. 그럼."

가볍게 목례를 한 현월이 비무장을 떠났다.

유화란까지 그의 뒤를 따라 비무장을 나가 버리자, 유백
신은 그제야 유성삼협을 돌아봤다.

세 사람이 눈에 띄게 움찔했다.

"가량과 운영은 그렇다 쳐도, 소명 자네까지 이런 일에
동참했을 줄은 몰랐네."

"미안하네. 하지만 이렇게라도 저자의 실력을 알아볼 필
요가 있다고 생각했네."

"그리고 이제는 깨달았겠군. 그가 결코 무명소졸이 아니
라는 것을."

군가량의 얼굴이 벌게졌다.

이는 진소명을 향한 말이긴 했으나 실질적으로는 군가량을 책망하는 말이었다.

유백신은 이윽고 군가량을 돌아봤다.

"정강이는 어떤가?"

"말짱하네."

"이래도 말인가?"

유백신이 발끝으로 군가량의 정강이를 매섭게 후려 찼다.

순간 군가량이 자지러지는 비명을 토했다.

"끄응!"

나머지 두 사람의 눈동자에 경악이 스쳤다.

최초의 충돌에서 보다 큰 타격을 입은 쪽이 군가량이었단 말인가?

그제야 확인해 보니 군가량의 정강이가 벌겋게 부어올라 있었다.

진소명이 급히 촉진(觸診)을 해보니 정강이뼈에 금이 가 있었다.

"내가 급히 들어와 말리지 않았던들 위험해지는 쪽은 자네였을 걸세."

"바, 방심해서 그래! 제대로 붙었던들 내가 패하진 않았을 것이네!"

"그게 중요한 게 아니야. 중요한 건 자네들이 내 뜻을 거역했다는 점이지."

세 사람의 말문이 막혔다.

유백신은 작게 한숨을 쉬고서 말을 이었다.

"애초의 생각은 자넬 내보내 그자의 실력을 가늠해 보려는 것이었네. 자네가 탁상을 부술 때까지만 해도 그랬고."

"……."

"하지만 그자의 눈빛이 마음에 걸리더군. 그 자리의 모두가 긴장감을 느끼는 와중에도 그자의 눈빛은 차분하기 그지없었어."

유백신의 목소리가 착 가라앉았다.

"그런 냉정함은 대체로 타고나는 법이지. 그게 아니라면 수없이 많은 경험을 했거나. 어느 쪽이든 상대하기 까다로운 유형이야."

"으음."

"그래서 생각을 바꾸었네. 기왕이면 그런 자는 적으로 돌리지 않는 편이 좋으니. 더불어 빚을 만들어둔다면 차후에 써먹을 데가 있을 테니까."

"하지만 자네는 아무 대가도 받지 않겠다고 하지 않았던가?"

"그런 자에겐 그렇게 말하는 편이 먹혀드니까. 대놓고 대가를 바라는 것보단 은근히 뇌리에 심어두는 편이 효과적이야."

유성삼협은 겸연쩍은 듯 서로를 쳐다보기만 했다.

특히나 군가량과 서운영은 사이좋게 한 방씩 먹은 처지였기에 쥐구멍을 찾고 싶은 심정이었다.

*   *   *

"그랬군."

현월이 불현듯 중얼거렸다.

옆에서 나란히 걷던 유화란이 의아하게 쳐다봤다.

"뭐가요?"

"허창 연맹. 들어본 바가 있소."

"들어보았다고요?"

현월은 고개를 끄덕였다.

익히 알고 있는 이름이었으나 꽤나 오랫동안 잊고 있기도 했다.

회귀하기 전의 과거에 들어본 이름이었던 까닭이다.

혈교가 마침내 준동했을 때, 하남성을 지키며 최후까지 결사항전했던 이들.

그들이 바로 허창 연맹이었다.

그리고 현월이 아는 사실이라고는 그게 전부였다.

딱히 그들에 대해 관심을 기울이지 않았으니 당연하다면 당연한 일이었다.

때문에 유화란에게 더 설명할 거리가 없기도 했다.

회귀에 대해 말해봐야 미친놈 소리나 안 들으면 다행이었으니.

"집으로 돌아갑시다."

"……?"

유화란은 잠시 어리둥절했으나 더 캐물으려 들지는 않았다.

두 사람은 왔던 것과 마찬가지로 한나절 만에 여남으로 돌아갔다.

덕분에 새벽녘이 다 되어서야 도착할 수 있었는데, 유화란은 곧장 자기 방으로 돌아가서는 드러눕고 말았다.

현월은 아버지의 방으로 향했다.

채여화가 현무량의 곁을 지키고 있었다.

그녀는 꾸벅꾸벅 졸고 있었는데, 밤을 새가며 간호하고 있었던 듯 식어버린 물수건이 손아래에 떨어져 있었다.

현월이 물수건을 대야 안에 집어넣었다.

찰랑거리는 물소리에 채여화가 눈을 떴다.

"월아? 무슨 일이더냐?"

현월은 대답 대신 목함을 내밀었다.

의아한 눈으로 목함을 바라보던 그녀가 화들짝 놀라 뚜껑을 열었다.

종이에 싸여 있는 자그만 내단 옆으로 신환단(神還丹)이라는 세 글자가 적혀 있었다.

떠나간 신령마저 되돌아오게 한다는 영약.

백령단이나 금환단에 비해 유명세는 작을지언정 효험만은 뒤처지지 않는다는 최고급 내단이었다.

채여화가 놀란 눈으로 현월을 돌아봤다.

"네가 이걸 어떻게……?"

"유성문의 도움을 받았습니다."

"유성문? 허창의 유성문 말이더냐?"

"예, 어머니."

설명을 듣고도 채여화는 믿을 수 없다는 표정이었다.

그녀 역시 서신을 부치기야 했다지만, 사실 도움은 포기하고 있었던 것이다.

그저 지푸라기라도 붙잡자는 심정으로, 별다른 기대 없이 보낸 것일 뿐이었다.

하지만 유성문은 내단을 보내주었다.

물론 갸륵한 정성에 탄복했기 때문일 리는 없었다.

아마도 현월이 무언가 수를 쓴 것일 테지.

그녀의 눈가가 촉촉해졌다.

"네가 또 수고를 한 모양이구나."

"부모님을 위한 일일진대 수고랄 것이 뭐가 있겠습니까. 이것밖에 해드릴 게 없어 죄송할 뿐입니다."

"월아……"

현월은 채여화의 손을 살짝 감싸 쥐었다.

소리 없이 흐느끼는 그녀의 떨림이 손끝을 따라 느껴졌다.

'할 수 있는 일은 모두 했다.'

남은 것은 내단을 복용시킨 후 현무량의 몸이 회복되기만을 기다리는 것뿐.

더군다나 일이 잘 풀린다 하더라도 모든 게 끝나는 것은 아니었다.

'이제 겨우 시작일 뿐.'

*　　*　　*

신환단을 복용한 현무량의 기도는 많이 안정되었다.

일단은 고비를 넘겼다고 봐도 좋을 듯했다.

현월은 곧바로 제갈윤을 찾아갔다.

며칠 내에 하오문에서 찾아올 것임을 알리기 위해서였다.

그 자리에서 제갈윤은 한 장의 목록을 내놓았다.

"이게 뭐지?"

"읽어보시겠습니까?"

현월은 대강 목록을 살펴보았다.

백여 명에 이르는 무인의 이름이 빼곡하게 들어차 있었는데, 최상위에 위치한 이름들은 현월로서도 꽤나 익숙한 것이었다.

소림(少林) 방장 혜법.

구두검왕(九頭劍王) 홍무전.

⋯⋯

⋯⋯

유성문주 유백신.

"이게 뭐지?"

"하남성 내 무인들의 무공 서열입니다. 최근에 갱신된 것이 작년이기에 암제 님의 이름은 기록되어 있지 않습니다."

"네가 만든 것 같아 보이진 않는데."

"백도무림서열록(白道武林序列錄)이라 합니다. 암류방(暗

流房)의 늙은이들이 만든 것이지요."

"암류방?"

"흑도무림의 개방… 이라 생각하시면 될 겁니다. 물론 그
성격은 꽤나 판이합니다만."

"설명해 봐."

두어 차례 헛기침을 한 제갈윤이 설명했다.

"개방이 거지새끼들의 소굴이라면 암류방은 도박꾼들의
소굴이지요. 개방이나 하오문이 정보팔이를 위해 발품을
판다면 놈들은 내기를 위해 발품을 팔고 정보를 모읍니다.
그 대상이 무엇인지는 물론 말하지 않아도 아시겠지요?"

"무인들의 대결이나 사투… 인 모양이군."

"그렇습니다. 예컨대 이름난 무인들이 비무라도 치르게
된다면 암류방에선 승패를 맞히는 도박판이 거하게 벌어집
니다."

"……."

현월은 미간을 찡그렸다.

누군가에겐 자존심과 인생 자체가 걸려 있을지도 모를
대결이, 다른 누군가에겐 한탕의 기회가 된다는 것이 왠지
씁쓸했다.

어쩌면 혈교의 준동으로 무림맹이 멸망하던 때에도 그랬
을지 모를 일이다.

과연 무림맹이 멸망할 것인가, 멸망한다면 언제가 될 것인가 따위로 도박을 건다든가.

"당연히도 배당금은 승산이 낮은 쪽에 크게 책정됩니다. 애초에 대부분은 승산이 높은 쪽에 많이 걸게 마련이니까요."

"그렇다면 이 서열록은?"

"간단한 겁니다. 돈 걸기 편하라고 암류방 늙은이들이 지어서 파는 거지요. 이름 몇 자 쓰여 있는 주제에 가격은 참으로 무지막지한 걸로 유명하지요."

현월은 다시금 서열록으로 시선을 옮겼다.

유백신의 이름은 구 위에 올라 있었다.

못해도 그 이상의 강자가 하남성 내에만 열 명 가까이 된다는 소리.

그러나 나이를 감안한다면 상당한 선전이라 봐도 좋았다.

"서열의 기준은 암류방 늙은이들만이 알고 있습니다. 아마 전적이나 무공의 근간 등을 조사하여 매기는 식일 겁니다. 그 까닭인지 신비고수의 경우엔 꽤나 서열을 높게 매기는 경향이 있지요."

제갈윤이 현월의 눈치를 살피며 말을 이었다.

"아마 올해 중에 나올 서열록엔 암제 님의 이름도 들어가지 않을까 싶습니다."

"내 이름?"

"네. 본명과 암제, 아마 두 가지로 매겨지겠지요. 두 사람이 동일인이라는 건 알려지지 않았으니 말입니다."

"그런데 이걸 네가 어떻게 가지고 있는 거지?"

제갈윤이 어깨를 으쓱였다.

"원래는 은호방주 구용단의 소유물이었습니다. 그자도 꽤나 무인 도박을 좋아하는 편이었거든요."

"네게 물려준 것 같지는 않은데."

"암제 님께서 자리를 비우신 동안 비밀 동혈에서 가져왔지요."

현월이 제갈윤을 물끄러미 쳐다봤다.

제갈윤은 쑥스러운 듯 뒷머리를 긁적였다.

"그, 저와 처음 만났던 날을 기억하십니까?"

"물론."

현월은 생생히 기억하고 있었다.

제갈윤의 눈을 꿰어 버리려던 장한들.

그들은 제갈윤을 채근하여 한 가지를 알아내려 했었다.

은호방주가 비밀 자금을 숨겨두었다는 동혈의 위치를.

"그 얘기는 사실이었군."

"그렇습니다."

"구태여 내게 알리는 이유는 뭐지? 마음만 먹는다면 몰래 빼돌리는 것도 가능할 텐데."

"전 원래 돈 같은 것엔 욕심 없습니다."

현월이 말없이 쳐다보니 제갈윤이 멋쩍은 표정을 지었다.

"정말입니다."

"믿어주지."

"구용단이 적재해 놓은 재산은 못해도 금화 일만 냥을 훌쩍 넘길 겁니다. 근 삼십 년 가까이 은호방을 경영하며 축재해 놓은 양이니까요."

일만 냥이면 실로 어마어마한 양.

자그만 마을 정도는 몇 개든 살 수 있을 거금이었다.

은호방이 암흑가의 양대 산맥이라고는 해도 쉽게 볼 수 있는 금액이 아니다.

그간 은호방주의 비리가 얼마나 심했는지 알 수 있는 대목이었다.

"그 돈이 모조리 풀려 나갔더라면 여남의 치안은 상상할 수 없을 정도로 악화됐을 겁니다."

현월은 고개를 끄덕였다.

지금도 그리 좋다고 할 수 없는 상황인데, 그 정도 거금이 풀려 나왔다면 현세에 복마전이 펼쳐졌을 것이다.

"그것만은 막아야겠다 싶어서 그간 함구하고 있었습니다. 그날 암제 님께서 나타나시지 않았다면 비밀을 간직한 채 죽음을 택했을 겁니다."

"그 얘길 내게 하는 이유는?"

"뻔한 것 아니겠습니까? 그것을 자금원으로 사용하십시오."

"……."

현월은 가타부타 말이 없었다.

그 미적지근한 반응이 제갈윤을 자극한 모양이었다.

"저도 압니다. 대체 왜 이렇게 나오나 싶으시겠지요. 무슨 꿍꿍이라도 있는 게 아닌지 의심이 갈지도 모릅니다. 하지만 단언컨대 제 의도는 순수합니다. 암월방은 최소한 은호방의 전철(前轍)을 밟지는 않으리란 것을요. 암제 님이라면 필경 이 돈을 사리사욕에 쓰시지 않으리라는 것을 말입니다."

"나를 너무 과대평가하는군."

"그렇다 하더라도 제 자신이 내린 평가이니 후회는 없습니다."

딱 잘라 말한 제갈윤이 황급히 덧붙였다.

"현검문주님의 사정을 알았더라면 미리 알려드렸을 겁니다. 한데 제가 사정을 알았을 때엔 암제 님께서 이미 허창으로 떠난 직후더군요."

"그랬나."

"예. 단언컨대 이 정도 거금이라면 앞으로 유성문이나 다른 문파에 신세를 질 일은 없을 겁니다."

그 말에 한해서는 의심의 여지가 없었다.

금전 일만 냥이라면 성 하나를 일 년은 경영할 수 있는 거금이었으니까.

남의 것이라면 또 모르되, 그런 게 아니라면 구태여 거절할 이유는 없었다.

"알겠다. 그래도 당장은 돈을 옮길 인력이 없으니, 당분간은 너 혼자 알고 있는 편이 낫겠군."

"위치만이라도 알려드리겠습니다. 제게 무슨 일이 생길지 알 수 없는 일이니까요."

"그렇다면 유 소저에게도 말해둬."

의외의 대답에 제갈윤이 눈을 깜빡였다.

"유화란 소저 말씀입니까?"

"그래. 나와 네가 자리를 비우게 됐을 때 급전이 필요하게 될지도 모르니까."

"그녀를 믿으십니까?"

제갈윤은 현월보다도 오랫동안 유화란과 알고 지냈다.

그녀에 대해서라면 현월보다도 많이 알았고, 때문에 그

녀가 재물에 욕심이 없다는 것도 매우 잘 알고 있었다.

그렇더라도 확인해 둘 필요성은 있었다.

인간의 욕망만큼 신뢰하기 어려운 건 세상에 없었으니까.

"그녀라면 동혈의 금전을 모두 가지고 달아나더라도 감내할 수 있다."

"어째서 그렇습니까?"

"빚을 졌으니까."

그 순간 현월의 머릿속을 스쳐 지나가는 건 사룡방주의 얼굴이었다.

빚. 몇 번이고 생각해 봤지만 결국은 그 단어가 가장 적절할 듯했다.

물론 현월에게 그를 지켜야 할 의무 같은 것은 없었다지만, 구태여 빡빡하게 굴지 않았다면 사룡방주의 목숨을 구할 수 있었을 것이다.

사소하다면 사소한 자비심. 그것만 있었더라도.

"우선은 그녀에게 위치를 들을 것인지 물어보도록 해. 만약 그녀가 거절한다면 말하지 않아도 좋다. 받아들인다면 거짓 없이 알려줘."

"⋯⋯알겠습니다. 사정이 있는 것 같으니 더 묻지는 않지요."

"이것도 가져가도록 해."

현월이 백도무림서열록을 내밀었다.

제갈윤이 눈을 둥그렇게 떴다.

"필요 없으십니까?"

"대강의 이름은 확인해 두었어. 그 외엔 그다지 필요할 것 같진 않군."

바로 떠나려던 현월이 문득 생각났다는 듯 물었다.

"백도무림의 서열록이 있다는 건, 흑도무림의 서열록도 있다는 소리인가?"

"예? 아, 예. 물론입니다. 암류방 늙은이들은 돈 되는 거라면 뭐든지 서열화하거든요. 무인들의 서열록은 물론이고 강호무림미녀서열록(江湖武林美女序列錄)까지 존재할 정도입니다."

"……미녀들의 서열까지 있다고?"

"예. 졸부들 중엔 그것에 관심을 갖는 작자들도 부지기수이니까요. 개중엔 해당 미녀들의 서화까지 첨부된 특별판도 있다고 합니다."

"……."

"유 소저 역시 서열록에 이름을 몇 차례 올린 적이 있지요. 지금은 어찌 되었는지 잘 모르겠습니다만."

제갈윤의 얼굴에 문득 장난기가 감돌았다.

"혹시나 필요하십니까? 아주 구하지 못할 물건도 아닌데 말입니다."

"······아니, 됐어. 그보다는 흑도무림의 서열록을 구할 길이 없겠나?"

"아마 그것도 가능할 겁니다. 말씀드렸다시피 암류방 늙은이들은 돈 되는 거라면 뭐든 하니까요."

제갈윤이 실실 웃으며 말을 이었다.

"미녀서열록도 그럼 같이 구해다 드리겠습니다."

"······."

7장

함정의 달인

　서아현은 긴장한 채 마른침을 꼴깍 삼켰다.

　통천각의 요원들이 모조리 소환되었다.

　그 직후 그들의 뇌리를 때린 것은 부각주인 관수원이 살해당했다는 소식이었다.

　엄밀히 말하자면 행방불명.

　시체는 물론이요, 흔적조차 찾지 못했다.

　그럼에도 상부에선 관수원이 살해당했으리라 단정 지었다.

　알려지지 않은 모종의 수단을 통해 알아낸 모양이었다.

물론 그것이 관수원의 고독과 관련되어 있음을 아는 요원은 한 명도 없었다.

다만 비슷하게나마 예상한 이가 한 명 있을 뿐.

'그가 손을 쓴 걸까?'

서아현은 현월에 대해 생각했다.

현월은 그녀에게 많은 것을 말해주었다.

혈교의 세력이 무림맹 내에서 암약하고 있으며, 상상 이상으로 많은 부분이 잠식되어 있다고.

그 얘기에 반신반의하였던 그녀였으나, 돌아가는 상황들이 조금씩 그 말에 신빙성을 더해주고 있었다.

요원들의 전방, 연단에 오른 통천각주 무단걸이 무리를 훑어보며 말했다.

"지금부터 호명되는 요원들은 여남에 배치되게 될 것이다. 해당 요원들은 여남 내 세력들의 일거수일투족을 빠짐없이 보고해야 한다. 부각주의 죽음과 관련된 정보를 알아낸 요원에게는 이계급 특진의 특례를 내리겠다."

계급이 두 단계나 오를 기회.

붙잡기만 한다면 단박에 이십 년의 근속 연수를 따라잡을 수 있었다.

물론 그만큼 어려운 일일 것임은 분명했다.

무단걸이 요원들의 이름을 호명해 갔다.

이름이 불린 요원들이 연단 앞으로 걸어 나갔다.

'각주님 역시 그들의 일원인 걸까? 그게 아니면 보다 높은 곳에서 명령이 내려왔나?'

서아현은 입술을 잘근 깨물었다.

아무래도 무림맹에 잠복한 혈교도의 세력은 상상 이상의 규모를 지닌 듯했다.

그때 옆에 있던 동료가 그녀를 툭 쳤다.

서아현은 하마터면 비명을 토할 뻔했다.

입을 벌린 채 돌아보니 동료가 투덜거렸다.

"네 이름이 불렸잖아."

"내가?"

"그래. 대체 무슨 딴생각을 하고 있던 거야?"

"나, 나도 잘 모르겠어."

되는 대로 대답한 그녀가 연단 앞으로 나아갔다.

주변의 시선이 쏠리니, 부끄럽다기보다도 두렵다는 생각부터 들었다.

'의심이라도 받게 되면 어쩌지?'

현월을 만난 뒤로 맹 내의 그 누구도 믿지 못하게 된 그녀였다.

처음엔 그가 거짓말을 했다고도 생각해 봤지만 돌아가는 상황을 보면 그가 옳은 듯했다.

그럴수록 서아현은 차츰 고립되어 갔다.

그나마 다행한 것은 다시금 여남에 파견되게 됐다는 점이었다.

'여남에 돌아가는 대로 그를 찾아가야겠어.'

*　　*　　*

현무량은 신환단을 복용한 지 보름 만에 자리를 털고 일어났다.

내공은 본래의 팔 할 정도로 줄어든 뒤.

체력적인 약화는 그보다도 심각했지만, 가족들로서는 그가 깨어난 것 자체가 기적이고 감사할 일이었다.

어느 정도 운신을 하게 된 그가 처음으로 한 일은 현월을 부르는 것이었다.

"침상을 들려던 차에 불에 데인 듯한 고통이 뱃속에서부터 치솟더구나. 내공을 운용해 가라앉히려 하자 뱃속의 고통은 한층 강렬해졌다. 뱃속의 무언가가 내 내공을 흡수해 폭주한다는 것을 깨달은 게 바로 그때였지."

"……."

"기운을 다스리려 해봤지만 이미 늦은 뒤더구나. 그 이후로는 온몸이 녹아내리는 듯한 고통밖엔 없었다. 하나뿐인

딸과 아내조차 알아보지 못할 지경이었지. 너무나 아프고 힘들어서 그저 죽고 싶다는 생각뿐이었으니 말이다."

현월은 대답 없이 현무량의 얼굴만을 응시했다.

"어느 순간, 전에 없이 날카로운 기운이 내 몸으로 파고 들더구나. 살갗이 찢기는 고통이 이어졌지만 그때까지의 고통보다는 차라리 나았다. 그것은 필경 네 기운이었을 테지?"

"그렇습니다."

고개를 끄덕인 현무량이 말을 이었다.

"그 기운이 내 몸속의 불길을 소멸시키는 것까지는 기억이 난다. 그 후에는 아무것도 없구나. 그저 지금까지 죽은 듯이 잠들어 있었다는 것만을 어렴풋이 느꼈을 따름이다."

"……"

"그 기운, 아마도 흑도의 무공으로 추정된다만."

현월은 가타부타 대답하지 않았다.

그래도 표정만으로 알 수 있는 것들이 세상에 존재하는 법이었다.

"역시 그랬구나."

"죄송합니다."

"네가 죄송할 게 무엇이더냐. 흑도와 백도의 기준이란 결국 인위적인 것. 그것을 다루는 이가 중요한 것이지, 그 자체의 흑백은 중요치 않다."

현월로서는 참으로 고마운 말이었다.

그 나름대로는 지난번처럼 절연당하더라도 할 말이 없으리라 각오했던 터였다.

현무량은 현월이 알고 있는 한, 정과 사의 구분이 가장 엄격한 사람이었다.

현월이 무림맹으로 돌아가지 않겠다고 고집을 피웠을 때도, 현무량이 절연을 선언하리라는 것은 어느 정도 예상했을 정도다.

그런 그가 아들을 인정해 주고 있었다.

현월로서는 그것만으로도 눈시울이 붉어질 것만 같았다.

"내가 너를 부른 것은 비단 그것 때문만은 아니다. 깨어난 후에 찬찬히 고민해 보니, 대체 무엇이 내 몸속에 똬리를 틀었던 것인지 의아해지더구나."

현무량의 표정이 딱딱하게 굳었다.

"답은 처음부터 하나뿐이었다. 그것 외엔 의심할 것이 없지."

"……."

"관수원, 그자의 짓이 분명하다. 그렇지 않더냐?"

"그럴 것입니다."

"너라면 필경 무언가 알고 있으리라 생각한다만."

현월은 고개를 끄덕였다.

현무량은 지그시 눈을 감은 채 탄식했다.

"절연을 선언하던 날, 네가 말했었지. 자신을 믿어달라고. 나는 그 말을 무시한 채 너를 내쫓았고, 하마터면 현검문을 몰락의 불길 속으로 밀어 넣을 뻔했다."

"아버지."

"관수원 그자가 왔을 때도 너는 내게 경고했었지. 하지만 무공에 대한 욕심이 내 눈을 흐리게 했고, 그 결과가 이것이로구나."

현무량이 오른팔을 들어 올렸다.

며칠 새 앙상하게 메마른 손가락들이 바르르 떨리고 있었다.

"절고의 내단을 섭취하고도 이 꼴이다. 그 내단을 내가 아니라 너나 유린이를 위해 쓰는 편이 차라리 나았을 것을."

"그런 말씀 마십시오."

"이 아비를 용서해 주겠느냐?"

현월은 뱃속으로부터 왈칵 치솟는 뜨거운 기운을 애써 삼켰다.

그가 알고 있는 아버지는 이렇게나 나약한 자가 아니었다.

태산같이 우뚝 선 채 그 어떤 폭풍우가 오더라도 허리를 굽히지 않을 것만 같던 거인이었다.

그런 아버지가 오늘따라 유달리 나약하게만 보였다.

그 사실에 현월은 슬픔을 느꼈다.

"아버지를 원망한 적도 없으니 용서할 것도 없습니다."

현월의 대답에 현무량은 눈을 감았다.

"너는 내가 모르는 사이에 너무나도 커버렸구나. 집을 떠나기 전까지만 해도 아직 앳된 티가 많이 나던 아이였거늘."

"……."

"네가 어떤 일을 겪었는지는 모르겠다. 하나 지금으로썬 그 사실에 무엇보다도 감사를 해야겠구나. 네 무공 역시 마찬가지고 말이다."

현무량이 돌연 문밖으로 고개를 돌렸다.

"가지고 오시구려."

문을 열고 들어서는 이는 채여화였다.

특이한 점은 그녀가 두 손으로 기다란 목함을 떠받치고 있다는 것이었다.

물론 현월은 그 안에 든 게 무엇인지 잘 알고 있었다.

현검문을 상징하는 검이 봉문검이라면, 여남현가를 상징하는 검은 바로 이 현인검(玄刃劍).

이름 그대로 칼날의 빛이 칠흑처럼 시커먼 검이었다.

들기로는 무림삼대강철(武林三代鋼鐵) 중 하나로 꼽히는 흑운철(黑隕鐵)로 벼려낸 검이라는데, 상징적 의미만 지닌 봉문검과 달리 환산하기 힘들 정도의 가치를 지닌 명검이었다.

그것을 현월에게 맡긴다는 것은, 곧 가문의 주권을 넘기겠다는 것.

가주의 위를 맡긴다는 것이나 진배없었다.

"……!"

현월이 당황한 눈으로 쳐다보려니, 채여화가 담담한 어조로 말했다.

"이 어미도 동의한 일이란다, 월아."

"제겐 너무나 막중하고 벅찬 자리입니다."

"지금 당장 가주의 위를 이으라는 것이 아니다. 현인검을 넘기는 것은 너에 대한 우리의 뜻을 공고히 하는 것일 뿐. 현인검은 앞으로의 네게 큰 도움이 될 것이다."

현월은 마지못해 검을 받아들었다.

사실 다른 것보다도 앞으로 도움이 되리란 말이 마음을 잡아끌었다.

그가 대적하려는 적은 너무나 거대하고 비밀스러웠기에.

더군다나 검 자체가 지닌 흑색의 빛깔도 마음에 들었다.

혈교가 낳은 사생아라 할 수 있는 암제가 칠흑처럼 시커
먼 장검을 굳게 쥐고서 혈교의 숨통을 끊고자 한다.

그들의 하늘을 끝장낼 병기로는 이보다 적절한 게 없어
보였다.

"그럼 감사히 받겠습니다."

재차 사양하지 않고 현인검을 받아 드는 현월이었다.

대화를 마치고 방 바깥으로 나오니 담예소가 기다리고
있었다.

노송에 기대어 발끝을 톡톡 치며 서 있던 그녀는 현월을
발견하고서 쪼르르 달려왔다.

"무슨 일이더냐?"

"저, 정식으로 현검문도가 되었어요."

현월의 물음에 담예소가 대꾸했다.

그 대답이 담고 있는 내용에 현월은 살짝 놀랐다.

"아버지께서 널 받아들이셨다고?"

"네. 엊그제 구배지례를 올렸어요."

이 또한 변화의 조짐일까.

원래의 현무량이었다면 잠시나마 흑도에 몸을 담았던 담
예소를 제자로 받아들이지는 않았을 것이다. 가끔은 답답
하게도 느껴지는 그 나름의 기준 때문이었다.

이는 일종의 불문율이라 할 수 있는 것.

한데 현무량은 그 틀을 스스로 깼다.

죽음에 이를 뻔했던 경험이 그의 사상마저 바꿔 놓은 듯했다.

오늘 현인검을 물려준 것만 해도 그랬다.

예전의 현무량이었다면 마공을 익혔을지도 모르는 현월에게 가문의 검을 물려주진 않았을 것이다.

문득 뒤통수가 가려웠던 현월이 고개를 돌렸다.

현유린이 먼발치에서 그와 담예소를 바라보고 있었다.

그녀의 눈동자에 혼란이 비치는 것을 현월은 놓치지 않았다.

약간이지만 질투심 역시 느껴졌다.

현월은 시선을 내려 현인검을 보았다.

"……."

어쩌면 그녀의 것이 되었을지도 모르는 검이었다.

아니, 본래대로라면 아버지의 현화무량공을 이어받은 그녀가 검의 주인이 되는 것이 모든 면에서 정답이었다.

현검문의 무맥을 잇는 것은 아무래도 그녀일 테니까.

하지만 그 검은 지금 현월의 손 안에 있다.

현유린으로서는 자기 물건을 빼앗긴 심정일 것이다.

그렇다고 너 가지라며 줄 수도 없는 노릇이다.

그것은 오히려 현유린의 자존심에 먹칠을 하는 꼴이 될

터였다.

'시간이 해결해 주는 수밖에.'

*   *   *

"……."

유화란은 감회 어린 눈으로 장원을 돌아봤다.

본래 사룡방의 장원으로 쓰이던 곳이었다.

은호방의 장원과는 달리 사룡방이 사오분열한 이후에도 비교적 온전히 남아 있던 것을 제갈윤이 사들여서는 정돈해 두었다.

물론 그 배후엔 현월이 있었고.

제갈윤은 동혈의 비자금을 푸는 동시에 바람잡이를 몇 명 고용하여 한 가지 소문을 암흑가에 흘려 놓았다.

자신의 배후에 암제가 있다는 것.

소문은 빠르게 퍼졌고, 난립하던 암흑가의 방파들이 삽시간에 얌전해졌다.

그런 가운데 제갈윤은 별다른 위험 없이 사룡방의 장원을 매수할 수 있었다.

유화란은 고개를 들었다.

장원 중앙의 본관으로 들어가는 문에는 사룡방의 현판이

아직까지도 걸려 있었다.

귀퉁이가 삭은 데다 누군가의 칼날이라도 스치고 지나갔는지 사선으로 기다란 흔적이 남아 있었다.

그것을 제외한다면 현판은 아직 쓸 만해 보였다.

사룡방주가 직접 새겨놓은 것이었다.

몸을 날려 현판을 수거한 유화란이 겉면을 쓰다듬었다.

손끝에선 먼지만 묻어날 따름이었지만, 스승의 손길이 느껴지는 것만 같아 그녀는 눈시울을 붉혔다.

"원한다면 그곳에 계속 걸어두어도 좋소."

어느새 다가온 현월이 말을 걸었다.

대강 눈매를 닦아낸 유화란이 고개를 저었다.

"괜찮아요."

"가져갈 생각이오?"

"아뇨. 이제는 보내드려야죠. 다른 것들과 함께 모아서 태우는 게 좋을 것 같아요."

현월은 그저 고개만 끄덕였다.

"이제는 어떻게 할 생각이죠?"

"우선은 여남을 정리해야겠지."

"남아 있는 방파들을 칠 생각인가 보군요. 병력이 필요하지 않겠어요?"

"괜찮소."

그저 담담하기만 한 대답.

현월이 그렇다면 정녕 그런 것이리라.

고개를 주억거리던 유화란은 문득 한 가지 사실을 떠올렸다.

이곳에 오는 길에 제갈윤으로부터 들은 이야기였다.

"요 며칠 사이에 이방인들이 많아진 것 같다더군요."

"이방인?"

"네. 대부분 상인이나 사냥꾼 따위로 변장해서 여남의 거리에 스며들었다는데, 특이하게도 상품이나 사냥물 대신 돈을 풀고 있다고 했어요."

현월의 미간이 좁혀졌다.

"염탐꾼들이군."

"제갈윤도 그렇게 말하더군요. 조직적인 데다 규모가 상당한 것을 보면 배후 세력이 보통이 아닐 거라 했어요."

그 순간 현월의 머릿속에 떠오르는 이름은 하나뿐이었다.

'무림맹.'

하기야 당연하다면 당연한 일이다.

관수원의 행적이 묘연해진 것이 이곳 여남이고, 고독의 존재를 통해 그의 죽음을 알았을 테니 응당 이곳을 뒤지는 것이야말로 당연한 귀결이리라.

문제라면 그 끄나풀들을 건드렸을 때, 배후에서 튀어나
오는 자가 누구냐는 것이었다.

'어떻게든 유설태가 관여해 있겠지만.'

군사야말로 무림맹의 두뇌. 통천각의 부각주쯤 되는 이
가 얽힌 일인데 그의 입김이 닿지 않았을 리는 없었다.

'귀찮게 되었다.'

지금의 현월에게 있어 최우선 과제는 암월방의 깃발 아
래 암흑가를 재정비하는 일이었다.

건축으로 치면 주춧돌을 심는 과정.

가장 중요한 동시에 어려운 일이기도 했다.

그것을 방해받아서야 앞으로의 계획 전반이 틀어질지 모
를 일이다.

'한시 바삐 인재들을 모아야겠다.'

마음을 정한 현월이 장원 밖으로 향했다.

*   *   *

여남은 크게 북동부와 남서부로 나뉘는데, 저수지와 환
락가가 위치한 북동부에 비해 남서부는 꽤나 한산한 편이
었다.

그런 남서부에서도 특히나 남쪽으로 내려가면 거지촌이

나온다.

대부분의 거지들이 환락가 근방을 서성이며 떨어지는 떡고물을 주워 먹는다는 것을 생각해 보면 특이한 경우였다.

그런 거지촌 깊숙한 곳으로 들어가면 기이한 형태의 폐가가 나온다.

아니, 폐가라는 표현은 사실 맞지 않다.

그곳은 애초에 버려진 적도 없고 주인 역시 버젓이 살고 있었으니까.

다만 그 외관만큼은 귀신들이 살림살이를 쌓아놓고 있다 해도 믿길 정도였다.

물론 그것은 말 그대로 외관에 지나지 않는 것이었다.

때문에 현월은 폐가의 앞에 섰을 때, 꺼림칙함이 아닌 감탄을 느꼈다.

'우연궁이란 자는 함정뿐 아니라 기관진식에도 정통한 자인가 보군.'

당장이라도 풀썩 쓰러질 것 같은 외관은 허깨비일 뿐.

한꺼풀을 벗겨내고 나면 전혀 다른 모습의 광경이 펼쳐질 것이다.

그것이 건물인지, 혹은 자연지물인지는 현월로서도 알 수 없었다.

애당초 그는 기문진을 펼치는 쪽보다 깨는 쪽에 익숙했

으니까.

그리고 그가 기문진을 깨는 방법이라면 하나뿐이었다.

현월은 진 안으로 성큼성큼 들어갔다.

문틈을 넘어선 순간 주변의 공기가 달라지는 것이 느껴졌다.

순간적으로 어둠이 현월을 감싼 뒤 그대로 삼켜 버렸다.

보통 사람이라면 오감부터 상실하게 될 것이다.

우선적으로 시각을, 이후로 청각과 후각, 미각과 촉각을 차례대로 잃어가다가, 종래에는 자신이 존재한다는 생각마저 잃게 된다.

'환형진(幻形陳)의 묘미였던가? 잘은 기억나지 않는군.'

언젠가 유설태가 지나가는 투로 말해주었던 기억이 어렴풋이 났다.

애초에 현월이 기억할 것은 하나뿐이었기에 나머지는 잊더라도 상관없었다.

'모든 진에는 그 중심이 있다.'

현월은 암천비류공의 기감을 사방으로 발출했다.

거미줄처럼 뻗어나간 기감은 어둠 속에서 한층 힘을 얻어 전후좌우 이십 장의 공간을 잠식했다.

기감을 통해 기문진을 감도는 기운의 흐름을 파악할 수 있었다.

그중 기운이 한데 쏠리는 위치를 찾아냈다.

마침 좌측으로 십여 장 거리에 그런 곳이 존재했다.

현인검을 출수한 현월은 내력을 집중시켰다.

이내 흑색의 칼날을 타고서 시커먼 기운이 스멀스멀 피어올랐다.

빠르게 거리를 잰 현월이 허공에다 검격을 흩뿌렸다.

좌악 펼쳐진 흑색 검기가 십여 장의 거리를 격했다.

강맹한 기운은 그곳에 위치한 이름 모를 장치를 박살 냈다.

쨍그랑!

순간적으로 기문진의 작동이 멈추었다.

주변의 암흑이 종잇장처럼 갈라지며 전혀 색다른 풍광이 드러났다.

앞서 보았던 것보다는 한층 말끔한 저택이 그곳에 존재했다.

현월이 서 있는 곳은 대문 너머에 자리 잡은 자그만 정원이었다.

주변을 둘러본 현월이 현인검을 검집에 꽂았다.

아마 이렇게까지 간단히 깨질 만한 진법은 아니었을 것이다.

우연궁이 실수한 것 역시 없었다.

다만 상대가 현월이란 게 문제였을 뿐이다.

'이걸로 끝일 리는 없겠지만.'

현월은 곧장 정면의 건물로 걸어갔다.

세 걸음쯤 옮겼을까.

실이 끊어지는 소리가 들린 순간 현월은 현인검을 끌어당겨 두상을 가렸다.

팅 하는 소리와 함께 기다란 장침이 튕겨져 나갔다.

지난번 대나무 숲에서의 것과는 비교하기 미안할 정도로 정교한 함정이었다.

장침 발사대와의 거리가 일 척만 가까웠던들 현월로서도 위험했을 것이다.

비슷한 함정들이 그 외에도 많아 보였다.

대단한 점은 정원의 풍광 어디에서도 함정이 장치된 흔적을 찾을 수 없다는 점이었다.

그런 마당에 구태여 고집스럽게 전진할 필요는 없을 것이다.

현월은 현인검을 비스듬히 쥐고서는 안쪽을 향해 목청을 돋웠다.

"그 안에 있다는 것도, 나의 방문을 감지했다는 것도 알고 있소."

대답은 없었다. 잠시 기다리던 현월이 나직이 말을 이

었다.

"열을 셀 동안 안 나온다면 이곳에 불을 지르겠소."

참으로 단순한, 하지만 그렇기에 효과적인 협박이었다.

아무리 천지개벽할 덫이나 함정이라 해도 불길을 막을
재간은 없을 테니까.

현월이 정말 열을 세려 할 때였다.

정면의 문이 드르륵 열리며 난쟁이 같은 사내가 고개를
내밀었다.

익숙한 얼굴, 우연궁이었다.

"당신이었군."

우연궁의 목소리는 냉랭했다.

하기야 자기가 설치한 함정과 기문진을 깨트리고서 들어
왔으니 환대할 입장은 아닐 것이다.

"그래, 실력 자랑은 양껏 하셨소? 만족했다면 그만 돌아
가시오."

"나는 우 형을 만나기 위해 찾아왔소."

"그렇다면 만나보았으니 목적은 달성한 셈이군. 돌아가
시오."

용건 따윈 듣지 않겠다는 막무가내의 축객령이었다.

무단침입을 한 현월 입장에서 뭐라 할 처지는 아니었지
만.

"우 형의 재주를 빌리고 싶소만."

"생각 없소."

"하지만 지난번 사룡방을 도왔을 땐……."

"마 형을 도운 것이지, 사룡방을 도운 것이 아니오. 게다가 이제 마 형은 불귀의 객이 되었지. 그러니 당신네와의 인연도 그걸로 끝이오."

"맨손으로 재주를 빌리겠다는 게 아니오. 응당 그에 상응하는 대가가 있을 것이오."

"일없소."

"원하는 게 정녕 아무 것도 없단 말이오?"

"원하는 거라? 하!"

우연궁이 신경질적인 웃음을 터트렸다.

"옛날부터 원했던 게 하나 있기는 하지. 한데 그것은 도저히 구할 수가 없는 곳에 있단 말이지. 그러니 말해봐야 무슨 소용이겠소?"

"어쩌면 내가 구해다 줄 수 있을지도 모르잖소?"

"일없소. 좋은 말로 할 때 돌아가시오."

현월의 말에도 요지부동인 우연궁이었다.

이쯤 되니 현월로서도 살살 오기가 생겼다.

"돌아가지 않겠다면?"

"좋을 대로 설치시오. 내가 있는 곳까지 오려면 꽤나 고생 좀 해야 할 거요."

"……."

"한 가지만 말해두지. 조금 전 발동했던 장침 함정이 당신과 나 사이에만 여덟 개가 더 있소. 그중 절반은 여러 발을 동시에 발사하는 다중 발사식이지. 어디 한번 잘 피해보시구려."

현월은 질리는 기분이었다.

마음을 먹는다면 못 피할 것도 없겠지만, 구태여 호랑이 아가리로 머리를 들이밀 마음은 들지 않았다.

그렇다고 그냥 돌아가기엔 자존심이 허락하지 않았다.

사실 자존심보다도 자기 자신을 채찍질하는 면이 컸다.

고작 이 정도에 좌절해서야 앞으로의 고난을 어떻게 감당하겠느냐는 생각이 현월을 물러나지 못하게 만들었다.

현월은 낮게 심호흡을 하고는 현인검을 뽑아 양손으로 들었다.

암천비류공과 연계되는 검공(劍功)인 흑천살식(黑天殺式)의 기수식이었다.

순간적으로 그를 둘러싼 무형의 기막이 확장되었다.

현월은 곧장 앞으로 전진했다.

빠르지는 않지만 굼뜨지도 않은 속도.

홀가분하게 산보라도 하는 듯한 움직임이었다.

핏!

장침이 발사되었다. 날아드는 방향은 현월의 미간.

앞선 것의 절반쯤 되는 거리에다 속도는 못해도 일 할이 더 빨랐다.

타앙!

현인검의 칼날이 장침을 쳐냈다.

"......!"

숨어서 지켜보던 우연궁은 깜짝 놀랐다.

빠른 속도는 분명 아닌 것 같았건만, 현월의 흑색 검은 쾌속의 장침을 너무나 간단히 날려 버렸다.

마치 검 자체가 처음부터 그 자리에 있었던 것만 같은 느낌이었다.

'요행인가?'

그러나 그렇지 않았다.

이윽고 몇 다발의 장침이 연달아, 동시다발적으로 날아들었지만 현월은 그 모두를 일일이 쳐냈다.

우연궁은 자기도 모르게 두 손으로 눈을 비볐다.

'저자는 아수라라도 된단 말인가?'

보고도 믿기 힘든 경지였다.

잔상이 남으면서 현월의 팔이 여러 개인 듯한 착각이 일 정도였다.

그사이 현월은 어느새 문 앞까지 와 있었다.

'이런!'

화들짝 놀란 우연궁이 몸을 돌렸다.

재빨리 내부로 피했어야 하는 건데, 현월의 신기(神技)에 시선이 팔려서는 내빼질 못했다.

콰직!

문짝을 뚫고서 손이 들어왔다.

우연궁은 이윽고 현월의 왼팔에 대롱대롱 매달렸다.

"빌어먹을!"

분통을 터트리는 우연궁.

현월은 현인검의 검극을 그의 뒤통수에 갖다 댔다.

"이제는 좀 얘기해 볼 마음이 드시오?"

"날 내려줘!"

"얘기하겠다고 약속한다면."

얘기?

무슨 얘기 말인가?

한동안 혼란스럽던 우연궁이었으나, 현월이 말한 것이 아까 전 자신이 언급한 얘기에 대한 것임을 떠올렸다.

"내가 원하는 것 말인가? 그걸 얘기하라고?"

"그렇소."

우연궁은 잠시 동안 멍한 기분을 느꼈다.

이렇게 제압한 마당에 협박이나 하고 말면 될 것을, 구태여 얘기를 듣겠다고 고집하다니.

하나 그 때문에 약간이나마 마음이 동하는 것도 사실이었다.

"일단 내려주시오."

"약속한다면."

"얘기하리다. 그러니 내려주시오."

현월은 우연궁을 바닥에 내려놓았다.

우연궁은 투덜거리며 문을 열어젖혔다.

"웃기는 작자로군. 까짓것 그냥 시원하게 협박을 하면 될 일을."

현월은 대답하지 않았다.

우연궁은 한숨을 내뱉고는 입을 열었다.

"내가 바라는 물건은 무림맹의 통천각에 있소."

8장

통천각주의 오른팔

　삼백 년쯤 전, 아직 혈교의 세력이 중원을 횡행하던 시절, 궁황이라 불리는 기인이 존재했다.

　그는 갖가지 기문진식에 통달한 자였는데, 그 누구도 파해할 수 없는 완벽한 진법을 만드는 것을 일생의 숙원으로 삼았다.

　사실 그 외엔 그다지 많은 이야기가 남아 있진 않았다.

　피를 끓게 하는 무용담과 달리, 기관진식이란 것 자체가 다소간의 흥밋거리는 될지언정 오랫동안 회자될 만한 소재는 아니었으니까.

다만 그 와중에 궁황의 최후와 관련된 전설 같은 이야기가 남아 있기는 했다.

"삶의 끝자락에서 그는 마침내 무결의 절진을 만들었다는군. 그리고 그것을 확인해 보고자 진 안으로 직접 들어갔고, 이후로 아무도 그의 모습을 볼 수 없었다고 하오."

"……."

현월은 애매한 표정을 했다.

어찌 보면 참으로 바보 같은 이야기가 아니던가.

자기가 만든 진에 갇혀 죽은 자의 이야기라니.

더군다나 신빙성 역시 상당히 떨어지는 느낌이었다.

정작 현월의 흥미를 끈 것은 이어지는 이야기였다.

"한데 언젠가부터 한 가지 풍문이 돌기 시작했소. 궁황이 남긴 최후의 절진, 무간풍진(無間風陳)의 진도(陳圖)가 남아 있다는 것이었소. 또한 통천각에서 그것을 손에 넣었다는 이야기도."

"통천각에서……?"

"그렇소. 물론 풍문 자체가 거짓일지도 모르지. 어쩌면 무간풍진 같은 것은 만들어지지 않았을지도, 궁황 자체가 허구의 인물일 수도 있소."

"하지만 그 자체에 구미가 당기는 것은 어쩔 수 없다는 말이군."

"정확하오."

우연궁은 이제 속 시원하냐는 표정이었다.

이쯤 했으면 현월도 포기하리란 것이 그의 생각이었다.

통천각은 무림맹 내에서도 특히나 철두철미한 보안으로 유명했던 것이다.

그런데 이어지는 현월의 대답은 시원시원했다.

"알겠소. 차후에 맹을 방문하게 되면 확인해 보겠소."

"뭐요?"

어이가 없었던 우연궁이 반사적으로 반문했다.

마치 제집 드나드는 일인 양 말하는 현월의 태도가 어처구니없었던 것이다.

"무슨 뜻인지 이해 못한 것 같지는 않소만."

"너무나 똑똑히 이해해서 문제일 거요. 오히려 이해를 못하는 쪽은 그쪽 같군. 무림맹 통천각이 어디 기루라도 되는 줄 아시오?"

"그런 식으로 생각해 본 적은 없소. 다만 아무도 침입 못할 난공불락의 성이라고도 생각하지 않을 뿐이오."

담담한 어조이기에 역설적으로 자신감이 느껴지는 듯했다.

그런 느낌 자체가 마음에 들지 않았던 우연궁은 고개를 휘휘 저었다.

"됐소. 내가 미친놈이지. 이런 얘기를 진지하게 지껄이다니."

그는 날파리라도 내쫓듯 손을 휘휘 저었다.

"그만 가보시오. 간단한 함정이라면 바라는 대로 설치해 줄 테니 앞으로 귀찮게나 하지 마시오. 의뢰가 있으면 따로 사람을 보내고."

"도와주겠다는 뜻이오?"

"귀찮지 않은 정도라면."

현월로서는 그것만으로도 괜찮은 거래였다.

"사례는 확실하게 하겠소."

"돈은 재료비만 충당할 정도면 되오. 많이 갖고 있어봐야 귀찮은 각다귀들만 꼬일 테지."

염세적인 태도로 중얼거린 우연궁이 내쳐 말했다.

"어쨌든 이젠 제발 좀 가시오. 혼자 있고 싶으니까."

*   *   *

서아현은 현검문의 앞을 서성였다.

초승달이 사위를 은은하게 비추고 있었다.

축시의 끝자락.

풀벌레들도 잠이 든 것인지 사방에서는 바람 소리만이

간헐적으로 들려올 뿐이었다.

그녀는 겨우 동료 요원들의 눈을 피해 이곳까지 온 차였다.

어떻게든 현월을 만나야겠다는 일념 하나로.

한데 막상 안으로 들어가자니 주저되는 것이었다.

자칫하면 도둑이나 침입자로 오해받기에 딱 좋았기 때문이다.

때문에 이러지도 저러지도 못하고 있었는데, 때마침 거센 강풍이 들이닥쳤다.

그게 인위적인 풍압이라는 것을, 서아현은 본능적으로 깨달았다.

이윽고 등 뒤에 와 닿는 차가운 감촉.

아마도 검집째로 갖다 댄 듯싶은데, 그렇다 하더라도 위험하기는 마찬가지였다.

자칫하면 등뼈가 박살 날지 모르는 상황인데도, 서아현의 마음은 도리어 편해졌다.

"역시 대단하시네요."

"오랜만이군."

"그러게요. 현 소협은 못 본 새에 이런저런 일을 겪은 것 같더군요."

고작 두 번째 만남인데도 제법 넉살 좋게 대처하는 서아현이었다.

잠시 침묵하던 현월은 현인검의 검집을 거두었다.

"안으로 들어가서 얘기합시다. 보는 눈은 없는 것 같지만."

"저도 그게 편해요."

두 사람은 현월의 방으로 들어갔다.

"이곳에 온 것은 역시 관수원 때문이겠지?"

"그래요. 그렇게 말하는 것은 역시 현 소협의 소행이란 뜻이겠고요."

"그렇소."

"부각주를 어떻게 했죠?"

"지금쯤 저수지의 아귀들에게 뼈만 남기고 모조리 잡아먹혔을 거요."

"정말 가차 없군요."

"그자 역시 혈교 소속의 장로였소."

"그럴 거라 생각했어요. 어떻게 된 일인지 행방불명된 후로 물증 하나 나온 것이 없는데 상부에선 죽은 것으로 단정을 짓더군요."

"관수원이 펼쳐 놓은 고독 때문일 거요."

"고독이라니요?"

현월은 간략히 상황을 설명했다.

관수원의 고독이 지닌 효용과 그로 인한 숙주의 발작, 나아가 그를 통해 유설태 측에서 그의 죽음을 알았으리라는 추측까지를.

서아현은 믿기지 않는다는 듯 몸을 떨었다.

"말도 안 돼… 그자들이 다루는 고독이란 게 그 정도로 강력하단 말인가요?"

"장로쯤 되는 자이기에 그 정도 위력을 낼 수 있었을 거요. 본인 입으로 고독을 다루는 데는 따를 자가 없다고도 했고."

"현검문주께서 쓰러지신 것도?"

"고독의 폭주로 인한 것이었소."

"그럼… 앞으로는 어떻게 할 생각이죠?"

"우선은 힘을 비축하는 수밖에. 혈교 쪽에서도 당분간은 몸을 사릴 수밖에 없을 거요. 아직 그들의 힘은 무림맹에 대적할 정도가 아닐 테니."

"그건 확실한 추측인가요?"

통천각 요원다운 질문.

현월은 쉽사리 그렇노라고 단언하지 못했다.

"그러길 바랄 뿐이오."

그렇게 대답하는 것이 현월로서는 최선이었다.

사실 혈교의 진정한 힘은 현월 역시도 확인하지 못한 바였으니까.

무림맹이 멸망하던 날, 현월이 보았던 것은 혈교가 지닌 힘 중에서도 극히 일부에 불과했다.

그리고 그들은 그 힘만으로 무림맹의 본부를 가볍게 함락시켰다.

어쩌면 그들이 몸을 사릴 것이라는 추측도 단지 추측에 지나지 않을지도 몰랐다.

서아현은 무거운 한숨을 토했다.

"후우, 정말 힘드네요. 혈교에 대해 알고 난 이후로는 그 누구도 믿을 수가 없게 됐어요. 부각주님 역시 평소에는 자상하고 부드러운 분이셨죠. 그런 분이 혈교의 장로일 줄은……."

현월은 쓴웃음을 지었다.

그의 기억 속의 유설태 역시 한없이 자애롭고 따스한 자였다.

결과적으로는 그저 거짓된 가면에 불과했지만.

현월은 문득 그녀에 배경에 대해 호기심을 느꼈다.

"결례가 되지 않는다면 소저의 사문에 대해 물어봐도 되겠소?"

"물론이에요."

고개를 끄덕인 서아현이 말을 이었다.

"저의 사문인 소화산문(小華山門)은 본래 문도만 삼백에 이르던 대문파였어요. 그러던 문파의 세가 기운 것은 혈교도들 때문이었죠. 문주님을 비롯한 대부분의 고수들이 당시 봉기하던 혈교도에 맞서다 산화하셨어요."

서아현의 목소리엔 강한 적개심이 새겨져 있었다.

그녀의 입장에선 그저 이야기로만 전해 들었을 오랜 과거의 일일 터.

그럼에도 저런 적개심을 유지한다는 것은 시기한 일이었다.

'그만큼 선대들의 교육이 철저했던 건지도.'

백골에 새겨진 원한은 천세가 지나도 사라지지 않는다는 말이 있다.

애초에 무림사에 기록된 대다수의 사건 역시 복수에서 비롯된 일이지 않던가.

그만큼 인간의 원한이란 무서운 것인지도 모른다.

현월은 화제를 돌렸다.

"이곳에 파견된 통천각 요원들의 임무에 대해 알 수 있겠소?"

"우리에게 주어진 임무는 간단해요. 여남 내의 사정을 살피고 사망한 부각주와 관련된 정보를 얻어내는 거죠."

아마 불가능에 가까운 일일 것이다.

관수원은 도착한 직후에 살해당한 것이나 마찬가지였으니.

당장의 시간만 그럭저럭 넘긴다면, 당분간 현검문이 의심받는 일은 없을 터였다.

그와는 별개로 암흑가와 암월방은 요주의 대상이 되겠지만.

현월로서는 좋은 일이었다.

그런 식으로 저들의 시선을 끄는 동시에 반격의 실마리도 찾아낼 수 있을 테니까.

"그리고 상부에서는 한 사람의 소행으로 의견을 모아 가는 중이에요."

"한 사람이라면?"

"혹 암제에 대해 알고 있나요?"

현월은 피식 웃었다. 그것만으로도 대답이 됐다는 듯 서아현이 고개를 끄덕였다.

"역시 그랬군요."

"그들의 주의를 끌기엔 이만한 이름도 없을 테지."

"그들이라면 혈교도 말인가요? 어쨌든 조심하는 편이 좋을 거예요. 듣자 하니 악명이 상당한 것 같더군요."

"바라는 바요. 암제의 악명이 커질수록 현검문으로 가는 시선은 적어질 테니."

"문파에 대한 헌신이 지극정성이군요. 뭐, 좋아요. 오늘은 이만 돌아가 봐야겠어요. 자리를 오래 비웠다간 의심받을 수 있거든요."

현월은 자신의 얘기를 발설하지 말라는 얘기를 꺼내진 않았다.

구태여 긁어 부스럼을 낼 필요는 없었던 까닭이다.

"조심하시오."

그저 그렇게만 말할 따름이었다.

"현 소협도요. 가능하면 다시 찾아올 수 있게 노력해 보죠."

서아현이 문지방을 넘어갔다.

이윽고 그녀가 담벼락을 넘어가는 것이 기감에 잡혔다.

"……."

침묵을 유지하던 현월의 신형이 어둠에 휩싸였다.

＊　　　＊　　　＊

여남에 파견된 통천각 요원들은 사인일조를 유지하며 활동했다.

네 명이 한 조가 되어서 여남의 전역에 흩어져 있었던 것이다.

서아현이 묵고 있던 곳은 자그만 객잔.

우습게도 처음 현월과 담예소와 만났던 곳이었다.

물론 단순한 우연의 일치에 지나지 않을 터였다.

객잔에 도착한 서아현은 조심스럽게 계단을 걸어 올라갔다.

나가던 시점엔 동료들 모두가 잠들어 있었는데, 그녀의 기척에 깰지도 모르는 일이었다.

물론 그때는 소피라도 보고 왔다고 둘러대면 그만이었다.

그 정도까지는 서로 이해하지 못할 바도 아니었고.

그것이 서아현의 패착이었다.

"……!"

방으로 들어섰을 때, 목덜미에 차가운 감촉이 와 닿았다.

서아현은 자기도 모르게 이를 악물었다.

'대체 누가?'

익숙한 목소리가 어둠 속에 울렸다.

"어딜 다녀오는 길이지?"

통천각주 무단걸의 오른팔, 월풍섬객(月風閃客) 자청우였다.

여남에 파견된 통천각 요원들의 책임자이자 그녀의 상관.

육십여 명에 달하는 파견자 전원을 지휘하는 이였다.

그렇기에 그녀의 충격은 클 수밖에 없었다.

그가 어찌 알고 이 자리에 나타났단 말인가?

목덜미에서 따끔한 느낌이 났다.

비릿한 냄새가 나는 걸 보면 자청우의 칼날이 그녀의 살갗에 닿은 모양이었다.

"소, 소피를 보고 왔습니다."

"반 시진 가까이 소피를 볼 정도면 꽤나 양이 많았던 모양이지?"

서아현은 입술을 깨물었다.

어찌 된 일인지 자청우는 그녀가 방을 떠난 시점까지 파악하고 있었다.

'설마?'

그녀는 다급히 방 안을 둘러봤다.

침상에 누워 있어야 할 동료들이 하나도 없었다.

그녀의 시선이라도 읽은 듯 자청우가 말했다.

"다른 요원들은 모두 바깥으로 내보냈다. 주변을 수색하게 했지만 너를 찾지는 못했지. 소피를 보러 꽤나 멀리까지 다녀온 모양이더군."

"……."

"내가 어찌 알았는지 궁금할 테지? 사실 내통자의 존재를 의심한 이는 군사님이셨지. 나나 각주님으로선 반신반의할 수밖에 없었지만, 이제 보니 그분의 통찰력에 감탄만이 나오는군."

유설태!

현월과 내통하는 이가 있으리라 내다본 것이 그였다니.

서아현은 망치로 정수리를 얻어맞는 기분이었다.

'대체 어떻게?'

그녀로서는 상상도 하기 힘들었다.

그저 자청우의 말마따나 유설태의 통찰력에 경악만을 느낄 따름이었다.

"하여 나는 한 가지 방법을 생각해 냈지. 네 명이 하나의 조를 이루되, 내가 직접 길러낸 정예 요원을 하나씩 배치하기로. 수상한 행동을 하는 요원이 있다면 곧장 보고하게끔 말이다."

"⋯⋯!"

"처음 며칠 동안은 기우였나 싶었지만, 오늘 기어코 네가 일을 터트려 주는군. 덕분에 보람이 있었어."

서아현은 더 참지 못하고 목을 뒤로 빼는 동시에 팔꿈치로 자청우의 턱을 노렸다.

하나 자청우는 한 발 앞서 그녀의 노림수를 읽은 뒤였다.

그는 단도를 치우는 동시에 서아현의 팔꿈치를 낚아채서

는 비틀었다.

그 간단한 동작만으로 서아현의 상체가 꺾이듯 기울어졌다.

"큭!"

침음을 뱉는 와중에도 몸을 회전해 진각을 날렸다.

하지만 자청우는 팔뚝을 세워 간단히 막은 후에 그녀의 팔을 당겨 그대로 메쳤다.

콰직!

나무로 된 방바닥이 부서져 나갈 정도로 강렬한 일격이었다.

서아현의 등허리가 바닥을 뚫고 박혀 버렸다.

격통에 벌어지는 그녀의 목구멍에서 피 섞인 기침이 터져 나왔다.

자청우는 곧장 그녀의 목젖에 발끝을 갖다 댔다.

조금만 힘을 주어도 그녀의 목은 대번에 부러질 터였다.

"자, 대답해라. 너와 내통한 자는 누구지? 부각주님을 어떻게 한 거냐? 그분은 지금 대체 어디에 계시지?"

서아현은 가물가물한 눈을 애써 뜨고서 씹어뱉듯 말했다.

"말해줄 것 같아? 혈교의 끄나풀."

"……우리에 대해 제법 많은 것을 알고 있는 모양이군."

자청우의 발끝에 약간의 경력이 실렸다.

그것만으로도 서아현의 몸이 크게 요동쳤다.

자청우의 경력이 그녀의 척수를 자극했던 것이다.

통증은 자연히 온몸의 신경으로 퍼져 나갔다.

그 격통이란 그야말로 전신이 불타는 것만 같은 감각이었다.

"아으윽!"

"여기서 조금만 더 힘을 주면 목 아래로의 모든 부분이 마비되어 버리지. 어때? 평생을 목내이 신세로 살아보고 싶나?"

"……개자식!"

"상관에 대한 말버릇이 곱지 않군. 조금 더 체벌을 받아야 말할 마음이 들 텐가?"

자청우는 발끝을 통해 극미량의 경력을 실어 보냈다.

그 미세한 차이만으로도 서아현은 머릿속이 새하얗게 탈색될 정도의 고통을 맛봤다.

"아아악!"

"경고는 이걸로 끝이다. 다음번엔 얼마만큼의 경력을 싣게 될지 나도 잘 모르겠군."

서아현은 눈물이 그렁그렁한 눈으로 자청우를 노려봤다.

자청우는 그 시선을 흘려 넘기며 차갑게 웃었다.

"사실 어느 정도는 예상하고 있어. 네가 다녀온 곳은 아마도 암월방일 테지?"

"······?"

"뭐야, 아닌가? 암제라는 놈을 만나러 다녀온 줄 알았거늘 그건 아닌 모양이군. 뭐, 상관없어. 네년을 처리한 후에 급습하면 될 일이니."

통천각의 주 업무는 정보 수집과 분석이다.

하지만 필요한 경우 그들은 살수가 되는 것을 주저하지 않는다.

하물며 무려 육십 인이나 뭉쳐 있는 지금이라면 말할 것도 없었다.

자청우는 그 대상이 누가 됐든 칼날 끝의 이슬로 만들 수 있으리라고 자신할 수 있었다.

더군다나 감히 암제라는 이름을 자처하는 놈이라면 내통자 건이 아니더라도 처리할 필요가 있었다.

'건방진 놈!'

통천각의 요원이기에 앞서 혈교의 일원인 그였다.

그런 그들에게 있어 혈교의 조사 혈무진왕과 더불어 신성시되는 존재가 바로 암황이었다.

혈무진왕이 종교로서의 혈교의 상징이라면 암황은 무인 집단으로서의 혈교의 상징.

중원 전역을 공포에 떨게 한 그의 암살행은 지금까지도 혈교도들의 혈관과 신경에 고스란히 녹아 있었다.

암제라는 이름은 그러한 그들의 우상을 조롱하는 이름에 진배없었다.

감히 자신들의 교조와 동급인 암황의 이름을 이었으니 말이다.

자청우의 두 눈이 시퍼런 빛을 토했다.

'이 두 손으로 회를 떠주고야 말겠다!'

물론 그 전에 끝내야 할 일이 있었다.

그는 싸늘한 눈으로 서아현을 내려다봤다.

"최후통첩이다. 네가 아는 모든 것을 쏟아내어라. 그렇게 한다면 일말의 자비심을 발휘해 양팔을 앗는 것만으로 만족하겠다. 물론 그 후엔 다리만 남은 몸뚱이나마 우리를 위해 봉사해야겠지만."

"……나가 죽어."

"삶이 소중한 줄을 모르나 보군. 그 알량한 자존심이 네 목숨을 거두는 셈이다."

자청우는 그대로 발끝에 힘을 주었다.

다음 순간 뼈가 깨어지는 소름끼치는 소리와 함께 서아현의 척수가 박살이 날 터였다.

다음 순간 그의 발은 허공을 밟고 있었다.

"뭣……?"

서아현의 신형이 사라진 뒤였다.

찰나지간에 회광반조의 힘을 발휘해 빠져나간 것일까?

'말도 안 되는 소리!'

그럴 리는 없었다.

그가 분명 완벽하게 제압하고 있었다.

조금만 몸을 뒤틀어도 목뼈가 어긋나고 말 것이었다.

그런데도 그녀가 빠져나간 것이다.

주변을 두리번거리던 자청우의 눈에 신형이 하나 스쳤다.

그러나 그것은 이내 사라져 버렸다.

분명 어둠 속에 무언가가 있었다.

"웬 놈이냐!"

"나도 최후통첩을 하지."

담담하면서도 힘이 실려 있는 음성이었다.

물론 그 내용만으로도 자청우로서는 거부감이 들었지만.

목소리의 주인은 조금 전 그가 했던 말을 그대로 읊고 있었다.

"네가 아는 모든 것을 쏟아내어라. 그렇게 한다면 일말의 자비심을 발휘해 양팔을 앗는 것만으로 만족하겠다."

"이런 미친 자식!"

"나는 너와 달리 봉사 따위는 필요로 하지 않지만 말이다."

"헛소릴랑 집어치워엇!"

자청우가 방 한가운데로 신형을 쏘았다.

그의 쌍수에는 어느새 날카로운 단도 두 자루가 들려 있었다.

단도라고는 해도 그 도신의 길이만 일 척 반에 가까울 정도로 길었다.

자청우는 두 자루 단도를 역수로 쥔 채 질풍처럼 휘둘렀다.

도신이 방 안 사위를 할퀴고 부쉈다.

희미하게 맺힌 도기(刀氣)가 지나치는 곳에 있는 것은 무엇이든 잘려 나갔다.

탁상이나 의자는 물론이요, 나무로 된 벽까지.

그러나 도신 끝에 걸리는 감각 중에 살을 가르고 뼈를 부수는 감각은 없었다.

"……!"

그것을 체감한 순간 자청우는 도격을 멈추고는 호흡을 골랐다.

"도망친 것이냐!"

"그럴 리가."

목소리는 방 한구석에서 들려왔다.

그곳으로 휙 고개를 돌린 자청우가 눈을 홉떴다.

평균치 체구의 청년이 창가에 서 있었다.

마치 처음부터 그곳에 있었던 양.

그가 두 팔로 안고 있는 것은 서아현의 몸이었다.

"네놈……!"

청년, 현월은 서아현의 몸을 바닥이 눕혔다.

자청우는 그제야 그가 있는 곳 근처에만 도격의 자국이 없음을 깨달았다.

'내가 저곳만 유독 공격하지 않은 것인가?'

그럴 리는 없었다.

그가 펼친 쌍신난격은 피아를 구분하지 않는 대신 공격의 사각 역시 존재하지 않았다.

시간적 틈이 있을지언정 공간적 틈은 존재하지 않는다고 자부할 수 있을 정도였다.

어느 한 지점만 비켜 지나가는 일 따윈 있을 수 없었다.

'그렇다는 건…….'

결론은 하나뿐이다.

놈이 모두 쳐내거나 막아냈다는 것.

그것도 공격자인 자청우조차 눈치채지 못한 사이에.

"말도 안 되는 소리!"

자청우가 비명처럼 고함을 쳤다.

그는 믿을 수 없다는 눈으로 현월을 노려보았다.

"네놈은 대체 누구냐!"

"네가 조금 전까지 실컷 재잘거리지 않았던가? 귀에 딱지가 앉도록 들은 것 같은데."

"뭐라고? 그렇다면 설마……?"

스르릉.

현월은 현인검을 뽑아 들었다.

어둠에 완전히 동화된 칠흑의 검신 때문인지, 그는 마치 아무것도 들지 않고 있는 듯했다.

하지만 자청우는 똑똑히 볼 수 있었다.

흑색의 검신을 타고서 더더욱 시커먼 기운이 흘러나오고 있다는 것을.

암천비류강기.

그 생경하면서도 낯익은 기운은 자청우를 동요하게 만들었다.

'혈교의 무공! 아니, 그럴 리가 없다!'

자청우의 경악 가득한 시선을 받으며 현월이 말했다.

"말할 생각이 없나? 그렇다면 이번에도 네 말을 그대로

돌려줘야겠군. 그 알량한 자존심이 네 목숨을 거두는 셈이
다."

"웃기지 마라!"

포효하듯 소리친 자청우가 현월을 향해 신형을 쏘았다.

9장

반격의 시작

"타앗!"

귀를 찢을 듯한 기합성과 함께 자청우는 쌍수단도를 십(十)자로 그었다.

자객과는 어울리지 않는 요란한 수법이었지만, 그는 그런 것에 신경 쓸 겨를이 없어 보였다.

현월은 현인검을 전방으로 찔러 두 단도의 교차점을 검극으로 눌렀다.

순간 세 자루 칼날이 균형을 이루어 양측의 기세를 상쇄시켰다.

이렇게 되면 손해를 보는 쪽은 물론 공격자인 자청우였다.

"큭!"

침음을 삼키면서도 허리춤으로 손을 가져가 자그만 비도를 뽑아 던졌다.

하지만 다음 순간 눈을 부릅뜨는 쪽은 자청우였다.

현월이 날아들던 비도를 공중에서 낚아채서는 그에게 되던진 것이다.

"윽!"

겨우 고개를 틀어 비도를 피했다.

비도는 날아들던 기세 그대로 창을 뚫고서 바깥으로 날아갔다.

암천비류공의 공능 중 하나인 암흑동화지체.

어둠 속에서 현월의 모든 신체 능력은 놀라울 정도로 향상된다.

그 상승폭은 상당한 고수인 자청우를 장난감 취급할 수 있을 정도였다.

무려 월풍섬객이라 불릴 정도의 자객인 그를 말이다.

물론 그가 서열 십 위의 혈공이나 혈교 장로인 관수원에 비할 바는 아니긴 했지만, 대낮의 전투였던들 이 정도로까지 농락당하진 않았으리라.

하물며 수하들과 합격을 펼쳤더라면.

'강하다! 더군다나 특이한 능력마저 지녔다.'

어렴풋이나마 암천비류공의 본질을 꿰뚫어 본 자청우였다.

그의 머릿속이 재빠르게 회전했다.

'이대로는 놈을 이길 수 없다.'

단번에 결론이 나니 솟구쳤던 홍분도 가라앉는 느낌이었다.

'그렇다면!'

이대로 싸워봐야 개죽음일 뿐이다.

다행히 그는 주도면밀한 성격이었고, 혹시나 몰라 직속 수하들을 객잔 주변에 배치시켜 두었었다.

그들과 연수합격만 펼칠 수 있다면 천하에 두려울 게 없었다.

거기까지 생각했을 때 현월이 옆구리를 베고 들어왔다.

깜짝 놀란 자청우는 뇌려타곤의 수법으로 겨우 위기를 벗어났다.

"크윽!"

모멸감이 들었으나 그것도 잠시뿐.

곧바로 따라붙는 현월의 신형을 보고는 대경실색할 수밖에 없었다.

"젠장!"

자청우의 좌수가 빠르게 옷섶을 훑었다.

이윽고 허공에 떨쳐지는 그의 손아귀에서 세 자루의 장침이 뿜어져 나왔다.

현월은 당황하지 않고 현인검으로 허공을 때렸다.

순간 검기가 사방으로 퍼지며 기로 이루어진 무형의 막을 만들었다.

날아들던 장침들이 무형의 막 안에서 힘을 잃고는 땅에 떨어졌다.

그것을 보는 자청우의 불안감이 한층 가중됐다.

'더 시간을 끌다간 내 목이 달아난다!'

"타앗!"

자청우는 대성일갈을 뱉으며 두 단도를 크게 휘저었다.

쌍살모사(雙殺母蛇)의 초식.

휘두르는 동시에 칼끝을 놓으니, 두 자루 단도는 마치 쇄도하는 뱀처럼 허공을 날아 현월의 목젖을 노렸다.

현월은 지체 없이 진각을 밟았다.

바닥의 나무판자가 위로 튀어 오르는 순간 그것을 차내어 전방으로 날렸다.

회전하는 판자의 양 끝을 단도들이 꿰뚫었다.

그 순간 현월은 전방으로 파고들어 판자의 중간치를 차

냈다.

끄트머리에 두 단도를 매단 판자가 자청우에게로 되돌아갔다.

그새 자청우는 이미 창가 밖으로 몸을 날리고 있었다.

콰직!

창을 부수며 자청우의 신형이 튀어나왔다.

판자가 아슬아슬하게 그의 종아리를 스쳤다.

불에 덴 듯한 통증에 자청우가 이를 악물었다.

그래도 치명상은 아니었다.

그는 회심의 미소를 지으며 자그만 각적(角笛)을 꺼내어 불었다.

삐이이이!

고도의 훈련을 받은 요원에게만 들리는 특수한 음파.

통천각의 특수 장비 중 하나였다.

이것을 신호로 대기 중인 수하들이 모조리 튀어나올 것이었다.

그런데 사방이 고요했다.

"뭣?"

자청우가 의아해하는 사이, 현월이 창턱을 밟고는 뛰어내렸다.

그가 아직 착지하지도 못한 시점에 벌어진 일이었다.

그렇게 되고 나니 단도들을 던져 버린 것이 패착이 되었다.

현월은 허공을 박차고 쏜살처럼 낙하했다.

추락 중인 자청우가 주먹을 뻗었으나 애꿎은 허공만 갈랐다.

현월은 나무를 타 내려가는 뱀처럼 그의 주먹을 피해서는 몸을 회전시켰다.

그의 두 발이 자청우의 흉부를 밟았다.

두 사람의 몸이 그대로 땅과 충돌했다.

"크악!"

자청우가 검붉은 피를 토했다.

갈빗대가 와르르 분질러지며 내장을 찔렀다.

그 짧은 순간, 현월은 천근추의 묘리마저 운용하여 자청우의 상체를 완전히 부숴 놓았다.

자청우의 몸이 축 늘어졌다.

현월은 몸을 일으켜 그를 내려다봤다.

"너, 너… 대체 정체가…….”

자청우의 목소리가 힘없이 흘러나왔다.

이미 생명이 꺼져 가고 있는 상태.

현월은 아무 말 없이 그를 응시하기만 했다.

그가 배치해 둔 요원들은 현월에게 모조리 제압당했다.

조금 아슬아슬한 시점에 서아현을 구출한 것은 그들을 처리하느라 시간이 빠듯했던 까닭이다.

결과적으로는 잘된 일이었지만.

꺼르륵 하는 장탄식과 함께 자청우의 고개가 뒤로 넘어갔다.

살려두어 정보를 캐냈더라면 좋았겠지만 관수원이나 혈공의 전례로 봐서는 알아낼 게 그다지 없을 듯했다.

현월은 그의 몸을 뒤졌다.

몇 개의 내단과 암기가 나왔는데, 그다지 쓸 만한 것들은 아니었다.

대강 수색이 끝난 후, 현월은 목 언저리에 있던 복면을 끌어 올려 입가를 가렸다.

"끝났다."

나직이 말하니 골목 어귀에서 몇몇 인영이 고개를 내밀었다.

하나같이 체구가 큰 장정이었는데, 그 와중에 유달리 젓가락 같은 제갈윤의 모습이 돋보였다.

그들은 제갈윤이 직접 골라낸 암흑가의 무인들이었다.

적당한 보수와 암제의 위명, 더불어 사룡방의 후계자인 유화란의 존재가 그들의 마음을 동하게 했다.

그들은 하나같이 경이에 찬 얼굴이었다.

말로만 듣던 암제의 실력을 직접 확인한 까닭이었다.

"자, 어서들 작업을 시작하지."

제갈윤의 말에도 무인들은 쭈뼛거리기만 했다.

현월의 눈치를 지나치게 살피는 모양.

"그의 말을 따르도록."

현월이 한마디 해주니 그제야 감전이라도 된 양 퍼뜩 움직이기 시작했다.

그들은 자청우의 시체를 수습한 후에 한쪽으로 옮겼다.

그곳에는 큼지막한 수레가 있었는데, 앞서 현월이 처리한 통천각 요원들의 시체가 차곡차곡 쌓여 있었다.

그새 현월은 제갈윤에게로 다가갔다.

"꼭 첫 출도하는 햇병아리들 같군."

"암제 님의 실력에 얼어붙어서 그럽니다. 오늘 낮까지만 해도 무림천하에 자기들만이 영웅호걸인 양 굴던 작자들입니다."

"정신 상태부터 어떻게 해야 할 것 같은데."

"암제 님의 힘을 목도했으니 지금부터 달라질 겁니다. 물론 제 보조를 해줄 든든한 무사가 한 명 정도 더 있다면 좋겠습니다만."

"찾아보도록 하지."

시체 수거를 마친 무인들이 수레를 끌고 갔다.

그들 역시 관수원과 같은 최후를 맞이할 것이다.

"그런데 이제 어떻게 하실 생각이십니까? 하룻밤 새에 통천각 요원 십여 명을 몰살시키셨는데."

군사 직속의 정보 집단이 바로 통천각이다.

무림맹 내에서 맹주 다음가는 권력을 지닌 이의 수족들을 몰살시킨 셈이다.

무림맹의 분노를 피할 길은 없어 보였다.

최소한 제갈윤의 생각은 그러했다.

그나마 빠져나갈 구멍이라면 이들이 비밀 임무 중이었다는 것.

외부의 시선이란 게 있다 보니 무림맹에서도 이 일을 선불리 공론화시키기는 애매할 것이다.

그렇다고 가만히 넘어가리라 생각하는 게 더 바보 같은 일이겠지만.

"군사에게 반하는 자들이 무림맹 내에도 있지 않나? 내 기억으로는 꽤나 다수가 존재했던 걸로 아는데."

기억을 더듬거린 현월의 말이었다.

그가 유설태의 수족으로 지내던 때, 가장 먼저 척살당한 이들은 당연하게도 그와 반대되는 세력의 수장이었다.

그 숫자는 척 봐도 상당했다.

아마 지금 시점에도 유설태의 골치를 썩이고 있을 터.

현월이 암살자로서 활약하게 되는 시점이 몇 년 후임을 감안하면 그들 대부분은 쌩쌩하게 살아 있을 터였다.

"예. 아마 이런저런 문제로 반목하는 문파와 가문들이 있기는 할 겁니다."

"찾아보면 그들을 움직일 방법이 있을 것도 같은데."

"그거야 그렇겠지요. 가장 좋은 방법은 뇌물을 써서 매수하는 겁니다만, 우리의 입장을 생각해 보면 역효과가 날 수도 있습니다."

"그러지 않게끔 대상을 잘 골라야겠지. 적당한 영향력을 지녔으면서도 적당히 부패한 자로 말이야."

"제가 말입니까?"

"너 아니면 할 수 있는 사람이 또 있겠나?"

제갈윤이 앓는 소리를 냈다.

"끄응. 시도는 한번 해보겠습니다."

"시도 자체만으로 끝나서는 안 될걸. 자칫하면 여남이 전쟁터가 될지도 모르니."

"그러게 왜 하필 통천각 요원들을 건드리셔서……."

현월이 물끄러미 쳐다보자 제갈윤이 찔끔했다.

"……참으로 통쾌했습니다. 하늘 높은 줄 모르고 날뛰던 무림맹 놈들도 이번 일로 찔끔하겠지요."

"어쨌든 부탁 좀 하지. 많은 것까진 필요 없고, 유설태가 당장 병력을 일으키지 못하게 견제만 해주면 돼."

"알겠습니다. 뭐, 그렇게 어려운 일은 아닐 겁니다."

작금의 무림맹은 지고한 외관과는 달리 안팎으로 홍역을 앓고 있었다.

흑도무림은 중원 전역에서 창궐하여 날뛰는 실정이었다.

혈교가 궤멸함으로써 역설적이게도 혈교의 그림자 아래에서 억눌려 있던 흑도 문파들이 들고 일어선 것이다.

그 개개의 세력이야 혈교에 비할 수 없는 수준.

하나 그것이 중원 전역에서 들끓는다면 얘기가 또 달랐다.

아무리 대단한 무림맹이더라도 동시에 중원 전역에 손을 뻗을 순 없는 노릇이니까.

'정말 우스운 것은 그 주도 세력이 혈교라는 점이지.'

현재의 혼란은 유설태를 비롯한 혈교 무리들에 의해 야기되고 있었다.

이는 현월이 혈교에 대해 조사하는 과정에서 알아낸 사실이었다.

유설태는 안팎으로 무림맹을 야금야금 갉아먹어 갔다.

내부에서는 암제의 암살행으로, 외부에서는 군소 방파들의 창궐로.

그렇게 홍역을 앓던 무림맹은, 이십 년 후 들고 일어난 혈교의 깃발 아래 무참히 짓밟히고 만다.

'하지만 이번에는 아니다.'

현월은 그들의 계획을 역이용하기로 했다.

그 때문에 통천각 요원들을 제거한다는 대담한 발상 역시 시행한 것이었다.

아무리 유설태의 분노가 막심하더라도 그는 당장에 여남을 칠 수 없다.

우선은 파견된 요원들이 비밀 임무를 띠고 왔다는 점.

서류상으로도 아무런 흔적이 남지 않는 것이 비밀 임무였다.

엄밀히 말해 무림맹은 이들을 여남에 파견한 일이 없었다.

서류상으로는 아마 다른 임무가 기록되어 있을 것이다.

훈련이나 자료 수집 같은.

그런 마당에 여남으로 복수할 병력을 보낸다고 하면 문제가 생길 수밖에 없다.

더군다나 창궐 중인 흑도 방파들은 하남성 이외의 지역들에 있었다.

하남성 내에서 비슷한 역할을 하던 것이 녹림맹이었는데, 이 역시 현월에 의해 전멸한 상태였다.

따라서 그들을 토벌한다는 핑계로 군사를 일으키는 것도

어려웠다.

동시에 혈교의 장로로서 흑도 방파를 움직이는 것도 어
려웠다.

현월로서는 우연찮게 유설태 쪽의 손발을 묶어놓은 셈이
었다.

'임시방편이긴 하지만.'

유설태쯤 되는 자가 이번 일을 그냥 넘어갈 리는 없었다.

언제가 되었든 그는 여남을 향해 마수를 뻗쳐 올 터였다.

물론 그때는 현월로서도 구경만 하고 있진 않을 터였다.

*   *   *

"으음……."

몸을 뒤척이던 서아현이 눈을 떴다.

화들짝 놀라 일어난 그녀는 창가로 들어오는 햇살에 멍
한 얼굴을 했다.

객잔이 아니었다.

기절한 새에 다른 곳으로 옮겨진 듯했다.

만약 그 주체가 자청우라면…….

손등 위로 소름이 돋았다.

하지만 동시에 한 가지 의문이 일었다.

'왜 몸에 상처 하나 없는 거지?'

"일어났소?"

익숙한 목소리.

질문한 이는 현월이었다.

그녀는 그의 얼굴을 확인하고는 가슴을 쓸어내렸다.

"자청우는요?"

"지금쯤 관수원의 곁으로 갔을 거요."

"그럼 그의 수하들도……?"

"저수지의 아귀들은 덕분에 포식하겠지."

서아현은 맥이 탁 풀리는 기분이었다.

살아남았다는 것은 좋은 일이었지만 이걸로 끝이 아니란 생각이 더 강했다.

"새벽녘에 살펴보니 나머지 통천각 요원들은 우왕좌왕하는 모습이더군. 아무래도 자청우와 그의 수하들을 제외하면 자세한 내막을 모르는 것 같소."

"그렇더라도 이번 일을 완전히 감출 수는 없을 거예요."

"아마 그렇겠지. 어쩌면 이미 보고가 올라갔을지도 모르오."

정보를 다루는 자인 이상 보고의 중요성에 대해 모를 리가 없다.

어쩌면 자청우는 대략의 사정을 파악하자마자 전서구나

다른 방법을 통해 유설태에게 전달했을지도 모른다.

'정말 그렇다면…….'

서아현은 흠칫 몸을 떨었다.

늑대를 피해 달아났다가 호랑이를 만나는 꼴이 될 수도 있다.

유설태가 이번 일을 좌시하지만은 않을 테니까.

무엇보다 그녀가 무림맹으로 돌아갈 수 없다는 것만은 확실했다.

설령 자청우가 보고를 올리지 않아 그녀가 내통자라는 게 알려지지 않았다 하더라도, 언젠가는 밝혀질 것임이 분명했기에.

현월도 그 사실을 지적했다.

"무림맹으로 돌아가기는 힘들 거요."

"제 걱정보다는 여남을 먼저 걱정해야 할 판 같은데요."

현월은 제갈윤과 나눴던 대화를 그녀에게도 들려주었다.

서아현의 표정은 그 뒤에야 약간 나아졌다.

더불어 현월이 생각 없이 행동한 게 아니란 점도 깨달았다.

"그 말대로만 된다면 어느 정도의 시간은 벌 수 있겠군요."

"반격을 준비하기엔 충분한 시간이오."

"저 무림맹을 상대로 말인가요?"

"그 안에 도사리고 있는 혈교를 상대로."

서아현은 고개를 끄덕였다.

무림맹이라 하여 모두 유설태의 뜻대로만 굴러가진 않을 터.

그 내부에도 현월의 힘이 될 이들은 있을 것이다.

그리고 그녀는 뒤늦게 실감했다.

이 모든 사정을 논하기에 앞서 자신이 해야 할 말이 무엇인지.

"구해주셔서 고마워요."

현월이 나타나지 않았던들 그녀는 목숨을 건질 수 없었으리라.

그것뿐이라면 차라리 다행일 터.

어쩌면 죽는 것보다 못한 꼴을 당했을지도 모른다.

현월은 고개만 가볍게 끄덕였다.

"앞으로의 일은 생각해 보았소?"

서아현은 고개를 저었다.

"깨어난 지 얼마 되지도 않았잖아요."

"그건 그렇군."

"저한테 뭔가 제안할 거라도 있나 보죠?"

"왜 그렇게 생각했소?"

"당신이라면 왠지 거기까지 생각해 두었을 것 같아서요."

현월은 쓴웃음을 지었다.

그녀의 생각이 어느 정도 맞았기 때문이다.

"통천각 요원으로서의 재능을 암월방 내에서 발휘해 볼 생각은 없소?"

"암월방? 그게 뭐죠?"

현월은 암월방에 대해 간략히 설명했다.

서아현은 간단히 이해하고는 고개를 끄덕였다.

"제게 선택의 여지는 없을 것 같네요. 목숨 빚도 갚아야 할 테고요. 어떤 일을 할 수 있을지는 모르겠지만, 능력이 닿는 한에서라면 도와드리죠."

"그래서 말인데, 어쩌면 가능할지도 모르는 일이 하나 있긴 하오."

"그게 뭐죠?"

현월은 대답하기에 앞서 약간 주저했다.

"목숨을 걸어야 할지도 모르오."

"……반드시 해야 하는 건 아니죠?"

"물론이오. 싫다면 억지로 맡을 필요는 없소."

"일단 설명만이라도 들어볼게요."

현월은 우연궁과의 일화와 무간풍진도에 대해서 설명

했다.

"만약 소저의 정체가 발각되지 않은 상태라면 통천각 요원으로서 각내 지하 서고에도 출입할 수 있을 거라 생각하오만. 무간풍진도라는 게 실존한다면 있을 만한 곳은 그곳뿐이겠지."

서아현이 눈을 동그랗게 떴다.

"통천각 지하에 서고가 있다는 건 어떻게 알았죠? 그건 통천각 소속 요원들밖에 모르는 일인데."

"직접 들었소. 지하 서고를 만든 사람에게서."

"네?"

서아현은 반문을 뱉을 수밖에 없었다.

지하 서고를 만든 자는 다름 아닌 유설태였기 때문이다.

"어쨌든 이 일은 자청우가 당신에 대한 보고를 올리지 않았다는 가정 하에서 가능한 일이오. 그런데 그걸 확인하려면 무림맹에 돌아가야 하오."

"만일 보고가 올라간 상태라면, 군사는 저를 잡으려 하겠군요."

"아마도. 그러니까 시간적인 틈을 이용해야 하오."

"틈이라니요?"

현월은 회귀 전의 생에서 몇 번이고 지하 서고를 들락거렸었다.

특히나 혈교에 대해 조사하던 때엔 거의 그 안에서 살다시피 했다.

또한 무림맹 내의 지휘 체계에 대해서도 그 누구보다 많은 것을 알고 있었다.

그 두 가지가 조합될 경우 한 가지의 방법이 생겨난다.

현월은 그 방법에 대해 서아현에게 설명했다.

설명을 모두 들은 서아현이 잠깐 동안 생각한 후에 말했다.

"어쩌면 가능할지도 모르겠군요."

10장

여남 토벌계

하오문에는 특정한 지부 건물이 없다.

남들은 그 점을 가리켜 사회의 밑바닥들이 모여 만든 문파이기에 당연한 일이라고 손가락질하기도 한다.

물론 그것은 하오문이란 곳의 생리를 모르는 이들이 지껄이는 헛소리일 뿐.

거리의 곳곳이 그들의 땅이고 영역이거늘, 건물 따위가 무슨 필요가 있겠는가 하는 것이 하오문도들의 사고방식이었다.

어차피 대화를 나눌 거라면 나무 그늘 하나만 있으면 충분한 일.

긴밀한 얘기를 나눌 거라면 후미진 골목을 찾으면 그만
이다.

게다가 문도라는 신분만으로 의식주가 해결되는 여타 문
파들과 하오문도의 입장은 전혀 달랐다.

그들 대부분은 점소이나 기녀 등의 약자.

힘 자체를 거래물로 삼는 여타 무인들과는 비교할 수 없
는 입장이었다.

하오문의 현재 형태는 철저히 섭리에 따른 그들만의 구
명책이기도 한 것이다.

그것을 잘 알고 있음에도, 곽철은 왠지 모르게 송구스러
워지는 마음을 가누지 못했다.

"쯧쯧. 뭘 그렇게 쩔쩔매는가?"

"속하로서는 이 정도밖에 해드리지 못하는 것이 못내 죄
송스럽습니다."

"정말 놀고 있구먼. 흰소릴랑 집어치우고 좀 더 자세히
얘기나 해보게."

곽철은 거리가 훤히 보이는 싸구려 객잔에 앉아 있었다.

그의 앞에서는 키가 오 척도 채 안 되어 보이는 단구의
노인이 젓가락을 깨작대는 중이었다.

그냥 봐서는 개방 소속의 늙은 거지가 아닐까 싶은 꼬락

서니였다.

물론 그런 말을 입 밖에 내는 이가 없다면 당장 곽철이 나서서 요절을 낼 것이었다.

잔을 들어 목을 축인 곽철이 입을 열었다.

"그자는 최소로 잡아도 초절정의 무인이었습니다."

"흐음."

은호방주나 사룡방주도 하오문에서는 초절정 무인으로 분류해 두었다.

하지만 차이점이랄 게 있다면, 그들의 무위를 최대로 쳤을 때의 수준이 그 정도란 점이었다.

최소로 잡았을 때도 초절정이라면, 못해도 사룡방주나 은호방주쯤은 오십 초 이내에 제압할 수 있다는 의미였다.

곽철의 말투로 봐서는 그 이내일 수도 있었다.

"뭐, 힘깨나 쓰는 놈들이 듣도 보도 못한 데서 튀어나오는 거야 이 강호의 생리 아니겠나."

"그자는 위험합니다."

"무인은 원래 위험한 족속이야. 위험하지 않으면 그건 무인이 아니라 허수아비지."

"단순히 힘 때문에 이러는 게 아닙니다. 그자에게는… 뭔가가 있다는 느낌이 자꾸만 듭니다."

"아예 점집이라도 차리지 그러나?"

곽철은 답답한 마음에 가슴이라도 주먹으로 치고 싶은 심정이었다.

노인은 그의 마음을 아는지 모르는지 싸구려 녹차를 여유롭게 홀짝였다.

"자네가 하고픈 말의 요지는 알 것 같네. 어쨌든 예의주시할 필요는 있다는 거겠지. 뭐, 자네야 그 이상을 바라는 것 같네만."

"대로십삼검(大路十三劍)을 소집해야 할지도 모릅니다."

대로십삼검은 하오문 내 존재하는 유일무이한 전투 전용 집단을 의미했다.

각 성마다 존재하는 십삼 인의 무인이 그것이었는데, 그들의 무위는 하오문 내에서도 장로들을 제외하면 가장 빼어났다.

소수 정예인 데다 방파가 방파다 보니 그리 고평가를 받진 못하지만, 진정한 실력만큼은 여느 문파의 문주급은 된다는 게 암류방의 평가였다.

곽철이 연이어 노인을 채근했다.

"노사님, 제 말을 허투루 들으시면 안 됩니다. 그자는 언젠가 하남성을 발칵 뒤집어놓을 것입니다. 반드시 그렇게 될 겁니다."

노사(老師).

하오문 문도들은 노인을 그렇게 불렀다.

그것이 본명일 리도 없을뿐더러 무언가 스승의 입장에서 행동하는 것도 없는데, 언젠가부터는 그냥 다들 그를 노사라고 지칭했다.

노사의 일은 단순했다.

중원 이곳저곳을 오가며 밥을 얻어먹고 아무 데서나 잠을 청했다.

오직 그뿐인데도 그의 곁엔 언제나 사람이 넘쳤다.

몇몇은 장로와 가깝다는 소문에 이끌려, 다른 몇몇은 그의 말재주가 좋아서 그를 가까이 하고 기꺼이 따랐다.

그렇게 중원을 돌아다니기를 수십 년.

언젠가부터 그는 하오문 내에서 일종의 중개인 역할을 하고 있었다.

때문에 곽철처럼 자기 일에만 충실한 이들도 그에게 의지하는 바가 어느 정도 존재했다.

"자네가 그렇게까지 말한다면야 내 생각은 해봄세."

찻잔을 내려놓은 노사가 배를 두들겼다.

왠지 곽철의 말을 한 귀로 듣고 흘린 느낌.

곽철로서는 자연히 불안해질 수밖에 없었다.

"그런데, 대체 그자가 자네에게 무슨 짓을 한 겐가? 칼을

들이대고 겁박이라도 한 건가?"

"그것은……."

곽철의 말끝이 자연히 흐려졌다.

사실 크게 위협당했다고 할 만한 것은 없었던 것이다.

그냥 한 가지 일을 요청받았고, 그 와중에 간단한 실력 행사를 했을 뿐이다.

그때 혼절했던 무인들도 별다른 부상은 없었고, 무엇보다도 현월 측에선 의뢰 대금 역시 꼬박꼬박 성실하게 지불하고 있었다.

그런데도 곽철은 불안하기만 했다.

그 자체에 대한 위험과는 조금 달랐다.

그보다는 차라리…….

'그의 존재 자체가 위험을 끌어들이는 느낌이다.'

곽철은 입을 꾹 다문 채 침묵했다.

물끄러미 그 모습을 쳐다보던 노사가 걸쭉하게 트림을 하고는 말했다.

"그러면 이렇게 함세."

"어떻게 말씀입니까?"

"자네가 그자 쪽에다 인재를 중개해 줬다면서? 노부도 그 방법으로 그자에게 소개시켜 주게나. 어떤 작자인지 직접 확인해 봐야겠어."

곽철이 펄쩍 뛰었다.

"그건 너무 위험합니다, 노사!"

"어차피 죽을 날만 기다리는 몸인데 뭐 어떤가. 오히려
요사이엔 너무 심심한지라, 차라리 위험하기라도 한 쪽이
재미있을 것 같네."

"하지만……."

"어차피 다른 뾰족한 수가 있는 것도 아니잖나? 내가 그
자를 직접 보고 나서 대로십삼검의 투입을 결정하겠네."

"하지만……."

"안 들어주면 장로들한테 자네가 공금을 횡령 중이라고
보고할 건데?"

"……!"

혼비백산하는 곽철에게 노사가 얼굴을 들이밀었다.

"자, 어떻게 하겠나?"

*　　　*　　　*

통천각의 지하 서고는 모든 요원에게 개방되어 있었다.

중원 곳곳의 지리, 각 성도의 정보, 무림 명숙들에 대한
상세가 그곳에 존재했다.

자료와 정보를 다루는 통천각의 특성상 요원들은 뻔질나

게 그곳을 들락거리는 수밖에 없었다.

그러나 그것은 서고의 이 호실까지의 얘기일 뿐.

지하 서고엔 모두 세 개의 방이 존재한다.

각각 일, 이, 삼 호실로 명명된 각 방은 개별적인 크기가 집 한 채씩은 능히 들어갈 수 있을 정도였다.

그중 요원들에게 개방된 곳은 일 호실과 이 호실뿐이다.

삼 호실은 대주급 이상의 요인에게만 개방되어 있었다.

무림맹 내에서도 가장 비밀스럽고 중요한 자료들만을 따로 모아 보관해 둔 곳인 까닭이었다.

그리고 지금, 통천각 지하 서고의 삼 호실에서는 두 사람이 대면 중이었다.

한 사람은 통천각주 무단걸이었다.

그의 표정은 당혹으로 가득했는데, 쌀쌀하다 싶은 장소임에도 땀을 뻘뻘 흘리고 있었다.

반대편엔 무림맹 군사, 유설태가 앉아 있었다.

그의 얼굴은 처참히 일그러져 있었다.

평소에 다른 이들에게 보여주던 온화함과 부드러움은 조금도 찾을 수 없었다.

"면목이 없습니다."

무단걸의 목소리가 가늘게 떨렸다.

스스로 생각해 봐도 어처구니없는 결과가 나오고 말았으

니, 어찌 보면 당연한 일이었다.

"보고문을 다시 읽어보게."

유설태의 목소리는 담담했다.

하지만 무단걸에게 있어선 그 어떤 불호령보다 두려울 따름이었다.

"……해당 임무의 주동자인 자청우를 비롯해 요원 십오 인이 하룻밤 새에 증발했습니다. 나머지 요원들은 아침에 그 사실을 알고는 조사에 나섰으나 아무런 성과도 거두지 못했습니다."

"그게 끝이란 말이지?"

"그, 그렇습니다."

유설태는 한동안 침묵했다.

무단걸은 그가 분노를 삭이는 중이라는 걸 알았기에 아무 말도 꺼내지 않았다.

"지금 이게 말이 되는 일이라 생각하나?"

"죄송합니다."

"통천각은 중원 최고의 정보 집단이라고, 개방이나 여느 방파 따위는 견주지도 못할 곳이라고 자부했었네. 그런데 이제 보니 그게 아니었던 모양이군."

"죄송합니다, 군사님. 도주한 자청우와 나머지 요원들을 조속히 찾아내겠습니다."

"도주? 대체 누가 도주했다는 건가?"

"예?"

무단걸이 멍한 얼굴을 했다.

유설태는 치솟는 짜증을 억누르기 위해 노력해야 했다.

'멍청한 놈.'

무단걸은 관수원이나 자청우와는 달리 혈교의 인물이 아니었다.

더군다나 무능하기까지 했다.

사실 지금까지는 그 편이 좋았다.

무능한 만큼 다루기도 수월한 데다, 각주라는 대표직을 맡고 있다 보니 문제가 생겼을 시 방패막이로 써먹기에도 좋았던 것이다.

하나 그것은 관수원과 자청우처럼 무단걸을 배후에서 가지고 노는 인물들이 있을 때의 얘기.

기실 자청우를 가리키는 통천각주의 오른팔이란 표현은, 반쯤은 무단걸에 대한 조롱에 가까웠다.

그들이 사라진 지금, 무단걸은 그저 상대하기 답답한 멍청이에 지나지 않았다.

"왜 자청우와 요원들이 달아났을 거라고 생각하는가?"

"그것까진 모르겠습니다만… 무단이탈을 한 것이 아니고서야 하루아침에 사라져 버렸을 리 없지 않겠습니까?"

유설태는 한동안 진지하게 고민했다.

저놈의 미간을 지풍으로 꿰뚫어 버릴까?

"여남에 소재한 정체불명의 무리에 의해 습격당했다고 생각하는 편이 더 타당하지 않겠나?"

"네? 하지만 대체 어떤 놈들이 통천각 요원들을 소리 소문 없이 제거할 수 있단 말입니까?"

"요 근래의 여남은 종잡을 수 없는 곳이네. 자네도 암제라 자처하는 자의 소문 정도는 들었으리라 보네만."

"물론 저도 듣기는 했습니다. 하지만 그런 허무맹랑한 위명을 자랑해 대는 애송이들이야 지천에 널렸지 않습니까?"

유설태는 속으로 한숨을 쉬었다.

무단걸은 암제에 대해 아무것도 모르는 듯싶었다.

하기야 이해가 아주 가지 않는 바는 아니었다.

암제가 혈공과 관수원을 죽였다는 것은 알려지지 않은 사실.

혈교도가 아닌 무단걸이 그것을 감안할 수야 없는 노릇이었다.

"놈은 평범한 애송이가 아니네. 평범한 애송이 따위가 평정할 만큼 여남의 암흑가는 녹록치 않아."

"으음."

"더군다나 자청우만큼 충성스러운 자가 맹의 법규를 어

겼을 리 없잖은가. 그가 무단으로 이탈하여 달아날 이유는 전혀 없네."

"그건 그렇습니다만……."

무단걸은 여전히 껄끄러운 반응이었다.

아무래도 자만심 강한 자청우와 평소에 사이가 매끄럽지 않았던 모양이었다.

"어쨌든 이번 일은 그 암제라는 놈과 결부시켜 생각하는 편이 옳을 것이야. 혹 노부의 생각이 잘못됐다고 보는가?"

감히 어느 안전이라고 거역할 것인가. 무단걸은 황급히 고개를 조아렸다.

"그, 그럴 리가 있겠습니까? 천부당만부당합니다. 군사님의 말씀이 옳습니다."

한동안 아부를 쏟아내던 그가 물었다.

"그럼 남은 요원들에게는 뭐라고 명령하면 되겠습니까?"

"우선은 복귀부터 시키게. 그곳에 계속 있어 봐야 암제의 먹잇감이 될 뿐이네."

"예. 당장 명령서를 보내겠습니다."

무단걸의 대답에도 유설태는 석연찮은 표정이었다.

자신이 뭔가 놓치고 있는 게 아닐까 싶었던 까닭이다.

'대체 자청우는 어쩌다 당한 것인가? 그것도 자신의 수하들과 함께.'

현월의 염려와 달리 자청우의 보고는 유설태에게 전달되지 않았다.

아예 보고 자체를 올리지 않았던 것이다.

아마 서아현을 처리한 후에 올리리라 생각했으리라.

하기야 자청우로서는 설마 현월이 나타나리라고는 꿈에도 생각지 못했으리라.

여하간 그 덕에 현월의 우려는 기우로 남았다.

천하의 유설태로서도 이번 일이 암제의 소행이라는 것 이상으로는 진도가 나가지 못했다.

결과적으로 그가 암제에 대해 느끼는 감정은 한층 강렬해질 수밖에 없었다.

"건방진 놈!"

"예? 제가 무슨 실수라도……?"

유설태는 기어코 한숨을 토했다.

이번 일이 마무리되면 무단걸부터 처리하리라 마음먹으며.

"암제라는 놈에 대해 얘기한 걸세."

"아. 그, 그랬군요."

"여하간 그 건방진 놈을 이대로 둘 수는 없네. 당하기만 하고 물러가서야 무림맹의 체면이 서지를 않아."

"그렇다면 여남을 토벌하실 생각이십니까?"

"바보 같은 소리를 하는군. 지금 상황에 그게 가능한 일이라 보는 건가?"

"그, 그건 물론 아닙니다."

중원 전역이 몸살을 앓고 있었다.

곳곳에서 흑도 무림의 방파들이 창궐하여 백도 무림의 문파들과 소모전을 벌이는 중이었다.

물론 그 배후에는 혈교가 있었으니, 지금 상황은 유설태가 조장한 것이라 봐도 좋았다.

결과적으로는 그의 계획이 자충수가 되어버린 셈이다.

"작금의 무림맹엔 여남에 소모할 만한 여력이 없네. 더군다나 이번 일은 비밀 작전 중에 벌어진 사달이니, 무림맹이 대대적으로 나설 수만도 없는 노릇이야."

"하면……?"

"여남, 혹은 하남성 내의 문파에 도움을 청하는 수밖에."

무단걸이 나직이 탄성을 뱉었다.

"과연! 그런 수가 있었군요."

"좋은 일만은 아니야. 대무림맹이 일개 문파에 도움의 손길을 요청하는 것이니. 하지만 다른 방도가 없으니 어쩔 수 없군."

"그럼 역시 현검문에 의뢰하실 생각이십니까?"

"사실 여남 하면 가장 떠오르는 문파가 그곳이긴 하지.

하나 그 실속은 그저 보통의 군소 문파에 지나지 않네. 더 군다나 지금 현검문주 현무량은 사경을 헤매는 중이라 하니, 그들로서는 일을 맡을 역량도 여유도 없을 걸세."

사실 현무량이 자리를 털고 일어난 지는 꽤 된 일이었지 만 아직 이들에게까진 전해지지 않은 차였다.

그만큼 현검문에 대한 관심이 거의 없는 탓이기도 했다.

"그렇다면 달리 생각해 둔 곳이라도 있으신지요?"

잠시 침묵하던 유설태가 입을 열었다.

"유성문에 서신을 넣어야겠네."

*   *   *

며칠 후.

유백신은 한 장의 서신을 앞에 두고 미간을 찌푸리고 있 었다.

서신은 하나의 예술이라 해도 좋을 정도였다.

장려하게 펼쳐진 필체, 화려하면서도 담백한 맛이 있는 문장, 심지어는 종이마저 최고급품을 쓴 듯 비단결 같은 감 촉이었다.

하나 그 안에 담고 있는 내용은 허창제일문의 문주인 그 마저 고민하게 만들고 있었다.

"여남이라."

유백신은 나직이 중얼거렸다.

서신의 발신자는 무림맹의 통천각주 무단걸이었다.

물론 유백신은 이게 정말 그가 보낸 것이라고는 생각하지 않았다.

무단걸에 대한 세간의 평가를 잘 알고 있었기 때문이다.

아마도 혹시나 모를 문제를 대비해 그의 이름을 빌린 것뿐이리라.

아마도 무단걸보다 위에서 작성한 서신일 터.

그리고 통천각주인 그보다 위에 있는 사람이라면 손에 꼽을 정도였다.

"군사인가."

유백신은 단박에 상황을 이해했다.

어떤 이유인지는 몰라도 무림맹의 군사가 여남의 암흑가를 껄끄러워하고 있었다.

서신의 내용은 결국 그것이었다.

여남의 암흑가를 평정하여 백도무림의 엄정함을 세상에 알리라는 것.

말이야 그럴싸하지만 유백신으로선 헛웃음만 나올 일이었다.

강호의 가장 큰 기둥인 무림맹이라고는 해도, 손가락 하나 까딱하는 것으로 유성문을 다스리려 드는 것은 참을 수 없었다.

하지만 서신 말미의 표현 하나가 그의 마음을 붙들었다.

……이에 대한 허창연맹의 의기를 기대하겠소.

유성문이 아닌 허창연맹이었다.

다시 말해 무림맹은 허창연맹을 인정한다는 의미였다.

물론 그것은 허창연맹이 자기들의 뜻대로 움직였을 때의 일일 터였다.

한마디로 너희를 인정해 줄 테니 우리 심부름 좀 해달라는 뜻.

천문학적인 뇌물을 생각 중이던 유백신으로서는 꽤나 구미가 당기는 제안이었다.

명분과 명성만큼이나 애매하면서도 중요한 요소는 없을 터였다.

과거 억울하게 멸문당한 수많은 방파가 힘이 없어서 당했을까?

아니다.

그들을 멸망으로 몰아넣은 것은 몇 마디의 말이 빚어낸 선동과 광기였다.

그들이 명성과 명망이 있었던들 그리 간단히 무너졌을까?

유백신은 결코 그렇게 생각하지 않았다.

더군다나 그 과정에서 파생되어 생겨난 것이 유성문이라는 것을 잘 알기에 더더욱.

무림맹은 그 명망을 주겠다고 말하고 있었다.

약간의 수고만 감수한다면.

'여남이라.'

유백신도 대강의 사정은 알고 있었다.

여남의 암흑가를 양분하던 사룡방과 은호방의 공멸.

그로부터 생겨난 일시적인 혼란.

그 모두를 단번에 평정한 암제라는 존재.

"재미있군."

상계의 후손이라고는 해도 그는 한 사람의 무인이었다.

강자를 앞에 두고 호승심이 생기지 않을 리 없었다.

더군다나 저 무림맹이 전전긍긍할 정도라면 두 번 말할 게 있을까.

물론 그렇다 하여 생각 없이 움직일 그는 아니었다.

유백신은 곧장 유성삼협을 호출했다.

세 사람 모두가 서신을 확인했다. 그들의 눈에도 흥분의 기색이 스쳤다.

"당장 여남으로 가세!"

군가량이 흥분해서는 소리쳤다.

그를 말리는 것은 이번에도 진소명의 몫이었다.

"지난번에 그렇게 혼쭐이 나고도 그 성미를 못 고쳤나?"

일순 움찔하는 군가량이었으나, 이내 기세등등해져선 도리어 큰소리를 쳤다.

"마침 잘됐군! 그러고 보니 여남에는 그놈의 문파도 있었겠다. 이 기회에 놈에게도 일전의 복수를 해야겠네."

"바보 같은 소리! 그때 문주가 했던 말을 벌써 잊었나? 그는 복수의 대상이 아니라 교섭의 대상이 되어야 해."

"소명의 말이 맞네."

유백신이 깍지 낀 손으로 턱을 괴었다.

"이 참에 암제라는 미끼를 통해 현 소협과 손을 잡을 수 있다면 좋겠는데."

"으음."

군가량이 기가 죽어선 자리에 앉았다.

그때 잠자코 있던 서운영이 입을 열었다.

"난 그 사람을 믿지 못하겠어요."

세 사람의 시선이 그녀에게로 향했다.

진소명이 대표 격으로 물었다.

"믿지 못하겠다니, 어떤 면에서 말이냐?"

"그 사람, 왠지 우리에게 뭔가를 숨기고 있다는 느낌이 들어요."

"그야 당연한 것 아니냐. 아직은 우리를 같은 편이라 볼 수 없는 입장이니 말이다. 오히려 생각 없이 다 털어놓는 사람이었다면 유성문 쪽에서 거절했을 것이다."

"그래도요. 게다가 그자와 함께 있던 여자, 듣기로는 흑도의 인물이라던데요?"

"……."

진소명의 표정이 살짝 굳었다.

"게다가 진 오라버니, 그 여자와도 아는 사이 같더군요. 아닌가요?"

"……그녀의 집안은 본디 표국을 경영했다. 원래부터 흑도의 무인이었던 것은 아니다."

"검게 칠해진 종잇장도 본래는 새하얀 빛깔이었을 테죠. 그리고 한 번 칠해진 종잇장은 다시는 원래의 색으로 돌아가지 못해요."

"운영아, 인간과 종잇장은 다르다."

"어쨌든 그런 여자와 같이 다니는 남자를 신뢰할 수는 없어요."

막무가내에 가까운 그녀의 말이었다.

그때 잠자코 있던 유백신이 물었다.

"그럼에도 내가 그와 손을 잡아야겠다면?"

잠시 멈칫한 서운영이 유백신을 돌아봤다.

유백신은 담담한 시선으로 그녀를 바라보고 있었다.

"그래야겠다면, 너는 날 거역할 것이냐?"

"……아뇨. 아마도 오라버니의 뜻을 따라야겠죠."

"그거면 됐다. 지금은 나를 믿고 따라와다오."

"알겠어요."

서운영도 더 떼를 쓰진 않고 물러났다.

세 사람을 훑어본 유백신이 선언하듯 말했다.

"나는 여남을 평정하여 무림맹의 위신을 세워줄 것이다. 그것이 우리 유성문이 천하로 나아가는 길이라 생각한다."

"네 뜻이 그렇다면 따를 뿐이다."

군가량의 말에 진소명과 서운영도 고개를 끄덕였다. 유백신도 만족한 표정을 지었다.

"좋아. 그럼 여남으로 가야겠군."

11장

금왕(金王)

　서아현은 여타 요원들보다도 한발 앞서 무림맹으로 향했
다.

　설령 유설태가 그녀에 대해 알았다 하더라도 그 사실이
아래에까지 전달될 일은 없다.

　애초에 이번 임무 자체가 혈교 장로의 입장으로서 내린
것이었다.

　그마큼 자세한 내막은 철저히 비밀에 부쳐져야 하기 때
문이다.

　어느 쪽이 되었든 그녀가 내통자라는 것이 통천각 전체

에 알려졌을 리는 없었다.

현월은 그 사실을 이용하기로 한 것이다.

그녀는 한 가지만 찾아내면 곧장 빠져나올 예정이었다.

'무간풍진이라니, 그런 것이 정말로 존재할지는 의문이지만.'

시작부터 의심부터 하고 볼 수야 없는 일이다. 일단은 맡은 일이니 최선을 다하는 수밖에.

암월방의 일원으로서 그녀는 무림맹을 향해 걸음을 옮겼다.

*   *   *

현검문에 서신이 도착한 것은 며칠 뒤의 일이었다.

그 발신자는 물론 유성문주 유백신이었다.

특이한 것은 수신자가 현월이라는 것.

유백신이 현검문의 진정한 중심을 현월이라 생각한다는 반증이었다.

현무량은 그 사실을 불쾌하게 여기진 않았다.

그의 생각도 마찬가지인 데다, 유성문은 그의 생명의 은인이었으니 말이다.

대신 현월은 현무량이 보는 앞에서 서신을 읽기로 했다.

아버지의 체면을 세워주는 동시에 조언을 구하기 위함이었다.

"유성문주가 여남으로 병력을 파견하겠다고 합니다."

"그게 무슨 의미더냐?"

"여남의 암흑가를 평정하는 일에 힘을 보태고 싶다고 하는군요."

말을 하면서도 현월의 머릿속은 복잡하게 돌아가고 있었다.

이는 필경 배후가 있을 터였다.

그렇지 않고서야 유성문 입장에서 계륵조차 되지 않는 여남 암흑가에 간섭할 리가 없었다.

'유설태인가? 놈이 유성문을 움직인 건가?'

생각할 수 있는 상황이란 역시 그것뿐이었다.

이것까진 예상하지 못했기에 현월은 당황스러웠다.

현무량으로서도 당황스럽긴 마찬가지였다.

"여남의 암흑가를? 고마운 얘기이긴 하지만 조금 지나친 참견 같기도 하구나."

"제 생각도 그렇습니다."

흑도와 백도는 물과 기름 같은 사이다.

그러나 그런 식으로 공존하기에 그에 맞는 안정이 이어진다는 것을 현무량은 알고 있었다.

애초에 허창의 백도 무림조차 암흑가의 존재를 묵인하고 있지 않은가.

그런 마당에 남의 동네에 참견하겠다는 뜻이니 황당할 수밖에.

더군다나 그런 서신을 현검문으로 보냈다는 건, 암흑가보다도 현검문 자체에 용건이 있다는 의미로밖엔 보이지 않았다.

'하지만……'

현무량으로선 한발 물러서 있는 것이 답이란 생각이었다.

이번에야말로 장자의 능력을 확인해 볼 기회라는 생각도 들었다.

"이번 일에 한해서는 월이 네게 모두 일임하고 싶구나. 괜찮겠느냐?"

"그렇다면 제가 부족하나마 노력해 보겠습니다."

평소라면 사양했겠지만 이번엔 상황이 달랐다.

현월은 아버지의 뜻을 받아들였다.

*   *   *

능력의 편차에 따라 인간을 서열화하고 수치화한다.

얼핏 보면 실로 비인간적인 작업이나, 그것이 빚어내는 가치는 무궁무진하다.

누가 더 잘났는가, 누가 더 강한가.

누가 더 아름다우며 누가 더 똑똑한가.

인간은 이런 호기심에 끌릴 수밖에 없는 생물이다.

어찌 보면 참으로 궁핍하고 유치한 일이지만, 어찌할 수 없는 습성이기도 했다.

그리고 암류방은 그러한 습성에 기생하여 이윤을 창출해 내는 집단이었다.

암류방의 최대 수입원은 암시장 내에 존재하는 무투장이었다.

두 명의 무인을 싸움 붙이고, 거기에 돈을 건 이들로부터 판돈과 수수료를 뜯어내는 것이었다.

한 번 비무가 열릴 때마다 오고 가는 금액의 총량은 성 하나를 살 수 있을 정도.

상상을 초월하는 돈의 향방이 한순간에 결정되고는 했다.

그런 만큼 무투에 나서는 무인들의 수준은 말할 것도 없이 뛰어났다.

수준이 낮은 싸움에는 판돈도 작게 걸리는 까닭이었다.

　졸부들은 자기네가 거는 돈의 규모에 걸맞은 실력을 원했다.

　암류방 역시 그에 호응하여 천문학적인 고액으로 무인들을 초빙하고는 했다.

　흑도 무림은 물론, 백도 무림의 이름난 무인들도 이따금 초청을 받아 참가하기도 했다.

　대부분 돈의 유혹을 견디지 못한 이였다.

　"정말 우스운 건 암류방 최대의 무투장이 이곳, 서안(西安)에 있다는 점이지."

　서안.

　바로 섬서성의 성도이자 무림맹 본부가 존재하는 도시였다.

　한마디로 백도 무림의 심장이라 할 수 있는 곳이 바로 서안이었다.

　그런 서안에 흑도 무림과 퇴폐의 상징인 암류방의 무투장이 있다는 것은 대단한 모순이었다.

　"뭐, 커다란 나무일수록 드리우는 그림자 역시 거대한 법이니까."

　낮은 어조로 중얼거리는 이는 기름기가 온몸에서 번들거

리는 중년의 남성이었다.

척 봐도 매 끼니를 화려하게 해결할 법한 체구.

거기다 손가락 마디마다 반지를 끼워 놓은 것은 물론 온몸을 갖가지 장신구로 치장해 두었다.

사내는 분명 중원의 복색을 하고 있음에도 장신구 때문인지 색목인이나 서장인으로 의심받을 법한 느낌이 났다.

그와 조금 떨어진 자리에 앉아 있는 이는 유설태였다.

"그 고목이 쓰러지더라도 그림자는 굳건히 남아 있을 걸세."

모순에 가까운 유설태의 말에 사내는 빙긋 웃었다.

"혈교가 새로운 고목의 역할을 하겠다는 뜻인가?"

"새로울 뿐만 아니라 보다 거대하고 화려하며 웅장할 것이네."

"그래도 우리가 타격을 입게 되리란 건 자명하지. 백도 무인과 흑도 무인의 대결은 언제 어디서든 짧짤한 편이거든."

"백도가 사라진들 적이라 할 만한 자들이 없어지겠나. 그때가 되면 또 다른 적을 만들어 흑도와 붙이면 그만일 걸세."

"그 말대로 되려면 얼마나 오랜 기간이 필요할까. 십 년?

이십 년?'

"늦어도 이십 년 내로 해낼 걸세, 금왕."

거구의 사내, 금왕(金王)은 피식 웃었다.

사람들은 그를 금왕이라 불렀다.

암류방의 방주이자 중원 최대의 부를 축적한 사내.

어쩌면 천자보다도 많은 재산을 지녔을지도 모른다는 얘기를 듣는 존재.

그가 바로 금왕이었다.

금왕에게 있어서 무림의 향방 따위는 그리 중요하지 않았다.

그가 주목하는 것은 언제나 돈의 흐름뿐이었다.

만약 백도가 득세함으로써 돈 벌 길이 열린다면 그는 지체 없이 백도를 지지했으리라.

그 반대의 상황이어도 마찬가지.

그리고 대개 돈이 되는 상황이란, 대립하는 양측의 세력이 백중지세(伯仲之勢)를 이루는 시점이었다.

그가 유설태에게 우호적인 것도 그 때문이었다.

다시 말해 혈교의 힘은 여전히 무림맹에 비해 낮다는 의미였다.

'그러나 언젠가는!'

속으로만 중얼거리는 유설태에게, 금왕이 넌지시 질문을

건넸다.

"그래, 오늘은 무슨 일로 찾아왔지?"

"한 사람에 대해 알고 싶은 부분이 있네만."

"통천각의 진정한 주인께서도 모르는 바가 있다는 말인가?"

"통천각도 완벽하지는 않으니까."

금왕이 킥킥거리며 웃었다.

"그렇게 기죽을 것 없네. 나는 평소 통천각의 정보력을 암류방보다 높게 치고 있으니까."

"도와줄 텐가?"

"천하의 유설태가 꽤나 저자세로 나오는군. 뭐, 좋아. 얘기 정도는 들어보지."

반백의 수염을 쓰다듬던 유설태가 운을 뗐다.

"암제라는 자에 대해 들어보았나?"

금왕의 눈이 이채를 발했다.

"흑도무림서열 칠십구 위."

유설태는 깜짝 놀랐다.

"놈이 벌써 서열 안에 들었단 말인가?"

"혈공과 관수원을 잡은 친구가 아닌가. 서열 백 위권에 안착하는 것쯤은 당연한 일이지."

유설태는 등허리로 식은땀이 흐르는 걸 느꼈다.

무림맹의 그 누구도 혈교의 꼬리조차 잡지 못했거늘, 암류방은 혈교 장로가 아닌 바에는 알 수 없을 사실까지 꿰고 있었다.

'장로들 중에도 매수된 자가 있다는 소리로군.'

혈공뿐이라면 모를까. 관수원마저 당했다는 것을 아는 사람은 실로 극소수였다.

암제 본인이 암류방에 알리지 않은 바에야, 혈교 내 장로들 중 하나가 정보를 흘렸다고밖엔 볼 수 없었다.

"그렇게 매서운 눈으로 쳐다보지 말게. 정당한 대가를 치르고 얻어낸 정보니까."

"……내통자에 대해 알려준다면 금화로 천 냥을 줄 수 있네만."

"미안하지만 말하지 못하겠군. 우리 암류방은 신뢰를 생명으로 하는지라."

유설태는 더 채근하지 않았다.

금왕의 비위를 건드려 봐야 좋을 것은 없었다.

내통자의 정체는 그가 천천히 시간을 들여 알아낼 생각이었다.

"놈에 대해 얼마나 더 알고 있나?"

"그다지 많이 알고 있진 않네. 요사이 특별히 예의 주시하고 있지. 앞으로 흑도무림서열에 돌풍을 몰고 올 것 같거든."

"아는 것에 대해 모조리 말해준다면 그에 상응하는 정보를 주지."

"그렇다면 정보부터."

금왕의 방식은 항상 이랬다.

교환할 거리가 있다면 절대 자신 쪽에서 먼저 물건을 내놓지 않았다.

상대에 따라 충분히 불쾌하게 느껴질 법도 한 일이었다.

하지만 어쨌든 아쉬운 쪽은 대개 상대편이었다.

결국 목마른 쪽이 우물을 팔 수밖에 없는 것이다.

잠시 침묵하던 유설태가 말했다.

"조만간 여남에서 큰 판이 벌어질지도 모르네."

"큰 판이라고?"

"암제와 유성문주의 대결이라면 졸부들의 흥미가 동할 법도 할 것 같네만."

금왕이 눈빛을 빛냈다.

"암제야 아직 위명이 부족하긴 하지만 유백신의 명성은 상당한 편이지. 강호 내의 또래 중에선 단연 독보적이니까."

"그자에 대해서도 잘 아는 모양이군?"

"백도무림서열 오십칠 위. 비슷한 또래로 한정한다면 독보적인 일 위지."

"암제와 비교한다면 어때 보이나?"

금왕이 피식 웃었다.

"붙어봐야 알 일이겠지. 자네는 여남 같은 촌구석의 무명소졸에게 혈공과 관수원이 당하리라고 예상이나 했었나?"

"……"

"어쨌든 자네 말대로 그 둘이 붙게 되는 거라면 서둘러야겠군. 여남 쪽으로 파견되는 애들의 숫자를 배로 늘려야겠어."

"아직 내 질문에 답하지 않은 걸로 아네만."

"아, 암제에 대해 알고 싶다고 했던가?"

금왕의 미소가 짙어졌다.

"사실 암류방으로서도 아직 놈에 대해 파악한 바는 그리 많지 않아. 아마 자네가 알고 있는 것과 큰 차이는 없을 걸세."

"……이래서는 거래가 성립되지 않는다고 보는데."

"끝까지 듣게. 근래 우리 암류방이 주목한 것은 비단 암제 한 명만이 아니야. 여남에는 또 한 개의 원석(原石)이 있거든."

"또 하나의 원석?"

"모르는가? 홀로 녹림맹 산적들을 궤멸시킨 젊은이가 하나 있는데."

유설태는 순간적으로 맥이 탁 풀렸다.

한껏 기대하게 만들더니만 꺼낸다는 말이 고작 저거라니.

"현검문주의 아들 말이군. 그놈 따위는 암제에 비하면 새발의 피조차 안 돼."

"그건 그렇지."

녹림맹을 상대하던 때의 현월과 혈공, 관수원을 제거할 때의 현월의 실력 차는 천양지차(天壤之差)였다.

때문에 유설태도 금왕도 암제와 현월이 동일 인물이라고는 차마 생각하지 못했다.

그들의 상식선으로는 그 짧은 시간 동안의 폭발적인 성장은 불가능한 일이었던 것이다.

다만 금왕은 나름의 통찰력을 지니고는 있었다.

"하나 그 젊은이의 성장은 놀라울 정도거든. 뭐, 그래 봐야 근본도 없는 산적 놈들이나 상대하는 수준이지만."

"흐음."

"원래는 자기 동생에게도 미치지 못하는 약골이었는데, 어느 시점을 기점으로 폭발적인 성장을 이루었다더군."

"기연이라도 얻은 건가?"

"인연이라고도 할 수 있겠지."

유설태가 눈매를 좁혔다.

"인연이라면, 암제 그놈과?"

"나는 그 두 사람이 사제지간이 아닐까 추측하고 있네만. 실제로 놈이 강해진 직후에 암제가 본격적으로 준동했지."

"……."

유설태의 머릿속이 빠르게 회전하기 시작했다.

만약 금왕의 말대로라면, 암제와 현검문은 의외로 긴밀한 사이일지도 몰랐다.

'그런 거라면…….'

현검문을 건드리면 암제를 끌어낼 수 있다는 뜻.

유성문이 활약하지 못할 경우를 대비한 수를 하나쯤은 구비할 수 있을지도 모른다.

유설태의 표정을 읽은 금왕이 음흉한 미소를 지었다.

"대개 이럴 때는 계집들을 걸고넘어지는 게 손쉽더군. 듣자 하니 현검문주의 딸이 제법 실력이 있는 편이라던데."

"……그 계집을 무림맹으로 불러들여 인질로 삼는다?"

"바로 그걸세. 이 정도 정보라면 꽤나 괜찮은 거래 아닌가?"

유설태는 반백의 턱수염을 쓰다듬었다.

"그 계집을 불러들어야겠군."

『암제귀환록』 4권에 계속…

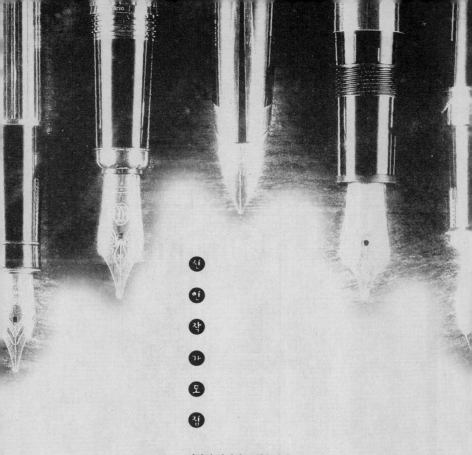

신

인

작

가

모

집

시작이 반이라고 했습니다.
작가의 길에 대한 보이지 않는 벽을 과감히 깨뜨리십시오!
청어람은 작가 지망생 여러분들의
멋진 방향타가 되어드리겠습니다.

저희 도서출판 청어람에서는
소설 신인 작가분들을 모집합니다.
판타지와 무협을 사랑하시는 분들의 많은 참여를 바랍니다.
소정의 원고(A4용지 150매)를 메일이나 우편으로 보내주시면
검토 후 출판 여부를 알려드리겠습니다.

주소:경기도 부천시 원미구 심곡2동 163-2 서경B/D 2F 우편번호 420-822
TEL:032-656-4452 · **FAX:**032-656-4453
http://www.chungeoram.com
e-mail:chungeoram@chungeoram.com

김현우 퓨전 판타지 소설

레드 크로니클
Red Chronicle

『드림워커』, 『컴플리트 메이지』의 작가
김현우가 색다르게 선보이는 자신작!

『레드 크로니클』

백 년의 세월 검을 들고 검의 오의에
다가선 남자 티엘 로운.

모든 것을 베는 그가 마지막으로
검을 휘둘렀을 때
그를 찾아온 것은 갈라진 시공간,
그리고… 자신의 젊은 시절이었다!

"하암, 귀찮군."

검의 오의를 안 남자가 대륙을 바꾼다!
티엘 로운의 대륙 질풍기!

Book Publishing CHUNGEORAM

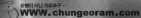

유행이 아닌 자유추구 -
WWW.chungeoram.com

용병귀환

유왕 판타지 장편 소설

수십 년 전, 용병왕의 등장으로 생겨난
왕국과 용병의 세계.
평소엔 한없이 가볍지만 화나면 누구보다 무서운,
놀고먹고 싶은 그가 돌아왔다!

하지만 바람과는 달리 과거 그의 앙숙과 대륙의 판도는
도저히 그를 놓아주질 않는데……

"용병은 그냥, 돈 받고 칼을 빌려주는 놈들이니까."

그의 용병 철학은 단순했다.

"물론, 누구에게 빌려주느냐가 문제겠지?"

魔마 in 화산

FANTASTIC ORIENTAL HEROES

용훈 新무협 판타지 소설

**무림공적, 천살마군 염세악!
검신 한호에게 잡혀 화산에 갇힌 지 백 년.**

와신상담… 절치부심… 복수무한…

세월은 이 모든 것을 잊게 하고
세상마저 그를 잊게 만들었다.
하지만.

"허면 어르신 함자가 어찌 되시는지……"
우연한 만남, 자신도 모르게 튀어나온 원수의 이름.
"그게… 한, 한호일세."

**허무함의 끝에서 예기치 않게 꼬인 행로.
화산파 안[in]의 절세마인, 염세악의 선택!**

Book Publishing CHUNGEORAM

유행이[가닌 자유추구
WWW.chungeoram.com

원생 新무협 판타지 소설

FANTASTIC ORIENTAL HEROES

천예무황

진짜배기 무협의 향기가 온다!

『천예무황』

산중에서 평화로이 살던 의원 설운.
평범하게만 보이는 그에게는 씻을 수 없는
과거가 있었으니……

칠 년의 세월을 지나
피할 수 없는 과거의 업(業)이 다시 찾아온다.

'잊지 마오.
세상 모든 사람이 다 그대를 잊은 그때에도
나는 그대를 기억하고 있음을.'

정(正)과 마(魔)의 갈림길.
무림을 덮은 혈풍 속에서 선(善)의 길을 걷다!

Book Publishing CHUNGEORAM

유행이 아닌 자유추구 -
WWW.chungeoram.com

말년병장 이등병되다!

에바트리체 장편 소설

FUSION FANTASTIC STORY

대한민국 남자라면 알고 있을 바로 그 이야기!

『말년병장, 이등병 되다!』

전역을 코앞에 둔 말년병장, 이도훈.
꼬장의 신이라 불리던 그가 갑자기 훈련병이 되었다?!

"…이런 X같은 곳이 다 있나!"

전우애 넘치는 군인들의
좌충우돌 리얼 군대 이야기!

Book Publishing CHUNGEORAM

유행이 아닌 자유추구 -
WWW.chungeoram.com